芥川賞の謎を解く

全選評完全読破

鵜飼哲夫

文春新書

1028

はじめに

「史実にこそドラマがある」と語り、『三陸海岸大津波』『生麦事件』など記録文学の名作を残した吉村昭さんが昭和六十年、犯罪史上未曾有の脱獄囚を描いた『破獄』で読売文学賞の受賞が決まったときのことである。過去に三島由紀夫『金閣寺』、安部《あべ》公房《こうぼう》『砂の女』など文学史上の名作が受賞した賞を受けることに、吉村さんは特別な感慨があったという。学習院大時代、同人誌で研鑽を積んでいたころ、同人仲間と三島に会いに行き、自分の習作を「いい作品だった」とほめられ、嬉しくて、その夜は興奮してなかなか寝つかれなかった思い出がある。その作家の代表作が選ばれた文学賞が、読売文学賞だったからだ。

　なじみの床屋に行くと、「おめでとうございます」と祝福されて、うれしさが募った。が、次の言葉に面食らってしまった。「先生、今度は芥川賞だねえ」。

「いやー、まいったよ」。生前に取材で会った際、苦笑しながら語った吉村さんの顔が今も浮かぶ。

　芥川賞候補になること四度、昭和三十七年に三度目の候補になった際には事務局の手違いで一度は当選通知を受けながら落選する悲劇にあった吉村さんは、たしかに芥川賞を取ってはいない。それでも昭和四十年、「玩具」で芥川賞を受けた妻の津村節子さんの支えもあって「星への旅」で昭和四十一年、太宰治賞を受け、その後、戦史小説、歴史小説の傑作を相次いで発表し、昭和四十八年には『戦艦武蔵』『関東大震災』等の業績で、第二十一回菊池寛賞（日本文学振興会主催）を受けている。

正式には芥川龍之介賞（同）という芥川賞は、純文学の無名もしくは新進作家の創作に与えられる新人賞にすぎない。ゴールではなく、作家としてのスタートの賞である。これに対して、芥川賞・直木賞を創設した作家、菊池寛の名を冠した賞を小説で受けたのは、第一回の吉川英治にはじまり司馬遼太郎など〝大物〟ばかりで、吉村さんの三年前には松本清張が受けている。吉村さんは、とうの昔に芥川賞を〝卒業〟していた。

床屋さんが「今度は」といった賞は、二年後の昭和六十二年にやってきた。もちろん、新人賞の芥川賞ではない。日本芸術院賞である。昭和天皇が臨席された最後の授賞式で、吉村さんは栄誉を称えられた。

吉村昭だけではない。芥川賞に落ちても文学史に残る作家は、戦前の中島敦、織田作之助にはじまり村上春樹や吉本ばなな等、あまたいる。代表格は昭和十年、第一回の芥川賞で、〈太宰氏の「逆行」はガッチリした短篇。芥川式の作風だ〉との評価も受けながら落選した太宰治で、選考委員の川端康成、佐藤春夫に賞をほしいと泣き落としの手紙まで送って懇願したが、もらえなかった。太宰没後の昭和三十二年の『文學界』九月号に掲載された選考委員座談会「芥川賞と文壇」で、佐藤は「太宰に泣きつかれたときも困った。（笑）。太宰が当選せず、檀も当選しない。そこで、君たちは芥川賞をもらわなくても、芥川賞をもらった以上に偉くなる人だからクヨクヨするな。僕だって芥川賞をもらっていないんだから。（笑）そう言って慰めた」と回想している。その言葉どおり、太宰もその朋友、檀一雄も作家として大成し、佐藤の言うように、芥川賞創設以前にデビューした作家は、佐藤や川端をはじめ、賞を受けなくても文豪になっている。

　にもかかわらず、芥川賞が文学賞の代名詞でありつづけるのはなぜか。

安部公房、安岡章太郎、吉行淳之介、遠藤周作、開高健《かいこうたけし》、河野多恵子、そして現役ではノーベル賞作家の大江健三郎をはじめすぐれた受賞者を生み出してきた、その長い歴史と伝統はもちろん大きい。ただ、その伝統に安住せず、文学としての新しさを作品本位で常に追求してきた選考会の営為が、この賞をさらに大きなものにしてきた。「新しい文学」が明快に定義できるようなものなら、もはやそれは「新しい文学」とは言えない。文芸評論家の中村光夫は著書『近代の文学と文学者』（朝日新聞社）の「序　芥川賞」で、〈一作一作が未知への一歩であって、新しい冒険であるような、そういうものが文学だ、文学は本質的に予想できないもの〉と書いている。そうしたなかで、現存する文学賞では直木賞と並び最も古い芥川賞は、文学者である選考委員同士が真摯に議論を重ね、それぞれが考える「これが新しい文学」という思いを選評という形で公開してきた。だからこそ、受賞作を貶すこともあれば、少数派に甘んじた落選作を激賞することもある。それが芥川賞のいきいきとした歴史をつくってきた。

昭和三十年下半期の第三十四回、中村が初めて選考会に加わり、〈未成品といえばひどい未成品ですが、未完成がそのまま未知の生命力の激しさを感じさせる点で異彩を放っています〉と評価した石原慎太郎の「太陽の季節」が受賞作となったときの選評が、この賞の特色を象徴している。それまでの価値観に叛逆する新しい作品は、物議を醸し、〈作者の美的節度の欠如を見て最も嫌悪を禁じ得なかった〉と大家の最大級の顰蹙《ひんしゅく》を買い、弟の裕次郎が出演した映画はＰＴＡの反発を買ったからだ。この瞬間、芥川賞は社会的事件になった。

平成三年上半期、荻野アンナ「背負い水」と辺見庸「自動起床装置」がダブル受賞して以来、私は読売新聞文化部記者として芥川賞を取材し、すでに二十五年目になる。若い頃は、奥泉光、川上弘美、堀江敏幸という現選考委員がまだ候補者時代で、劇作家の柳美里、パンク歌手の町田康の小説家デビュー、学生作家の平野啓一郎の登場等の文学の現場を歩いてきた。

しかし、この現場にだけは一度たりとも足を踏み入れたことがない。明治に創業した東京・築地の老舗料亭「新喜楽《しんきらく》」の一階広間で毎年一月と七月の二回開催される芥川賞選考会（直木賞は二階)、ここが「新しい文学」を生み出す現場である。

私たち記者は、料亭二階に設営された記者控室で、毎回二時間前後、事前に候補者や関係者に取材したメモをひっくり返し、有力候補と目した作品が受賞した場合の原稿や会見での質問事項を頭の中で整理しながら待つ。下の階の密室談義の様子はさっぱりわからない。いつもより選考が長引き、締め切り時間が刻一刻近づくと、「これはもめている。上位二作が競り合いダブル受賞か？　いや、共倒れで『該当作なし』か？　もしかしたら予想外の作品が浮上したのでは……」等々、思案は尽きない。外の空気を吸いに下に降り、さりげなく選考会場の人の出入りをチェックし、気配をつかもうとすることもある。

賞を主催する日本文学振興会の事務局員が、受賞作と作者名を書いた紙を持って記者控室に入ってくるのが、受賞作決定の合図だ。静かだった記者室はにわかにざわめき、予想外の結果が、正面のボードに張り出されると、百人近くいる記者のどよめきが広がる。その場ですぐに選考委員の代表会見が始まり、その後、場所を帝国ホテルに移して受賞者の会見、そして慌ただしく原稿を執筆、記者たちの長い夜が始まる。

密室では、どのように審議が行われているのか。関係者への取材によると、テーブルをはさんで、選考委員はコの字型に向き合い、長老は恒例により床の間を背に座る。司会を務めるのは月刊誌『文藝春秋』の編集長だ。「第〇回芥川賞の選考を始めさせていただきます。恒例により、みなさまの評価をまずマル、バツ、サンカクでお伺いします」というあいさつで会は始まり、候補作について一作ずつ（作者名の五十音順）、各委員の評価を聞いていく。そこで、A委員がマルと答えたとすると、司会は間違いないよう、「A先生、マルでございます」と復唱し、これを司会の後ろに控えた事務局の人が集計用紙に記入する。これを全員に聞くと、次の候補作も同じように、しかし今度はB委員から聞くようにして一周する。五、六作の候補作すべてについて評価を聞くだけで十分以上かかるそうだ。この間、委員はメモも取り、模様を眺め、作戦を練ったりする。一通り聞き終えると、○を一点、△を○・五点、×を零点とし、各候補作の得点を司会が公表し、点数の低い作品から、議論する。

通常、議論の過程は公表されず、芥川賞を発表する『文藝春秋』に選評が掲載されるだけだが、昭和三十四年上半期、斯波四郎の「山塔」が受賞した第四十一回芥川賞については、当時、『週刊文春』編集者だった半藤一利が、その白熱の選考模様の一部を、ルポルタージュ風に週刊誌に書いている（昭和三十四年八月三日号）。この回は八作が候補になり、受賞作と北杜夫「谿間にて」、古田芳生「三十六号室」、佃実夫「ある異邦人の死」が残り、まず「ある異邦人の死」を外すかどうかで佐藤春夫と永井龍男が激しいやりとりをした。

永井氏「この作品は、一言でいってしまえば、ジレッタントの作で、小説ではないと思うが……」

佐藤氏「その意見には反対で、純粋な小説です。よくしらべてあるし、フィクションもうまくとけこんでいる」

永井氏「しかし書かれた人物モラエスにさっぱり共感をよぶものがない。しらべてあるといっても、それが上すべりにしか描かれていないように思うのだが……」

佐藤氏「しかし、だからといってジレッタントの遊びみたいなものであって、小説ではないとは思えない」

永井氏「いや、遺品をひっぱり出してきて故人を偲んだり、故事来歴を説いたりしているが、そんな風にくらべたことを楽しそうに書いても、そこにさっぱりモラエスという異邦人が感じられないのです」

両氏の議論は、さながら達人と名人が一刀一刀にその精魂をこめてゆく、それほどに激しいもので、気魄に満ちていたと、半藤は書いている。

落ちた作品についてもかくまで丁寧に議論し、丁々発止のやりとりをする。「審査は絶対公平」。菊池寛の掲げた伝統を守り、年齢差も男女差もなく、委員は自由に発言する。川端康成、坂口安吾、大岡昇平、三島由紀夫、大江健三郎、河野多恵子ら文学史を彩る作家たちが選考委員になってきたが、彼らも選考の場では、ただの一票を持つ委員にすぎない。

一回目の投票で大勢が決まる場合もあるが、接戦となり、上位二、三作で決戦投票をするケースもある。そのうえで議論を尽くし、「それでは○○を授賞作にしてもよろしいでしょうか？」という司会者からの伺いに対して、委員からの異論がなければ、ここでようやく授賞作が決まる。うれしそうな委員もいれば、結果に憮然として寡黙になる委員もいる。候補者に受賞と落選のドラマがあるように、選考委員にも推した作品が通った時の喜びと、落ちた時の無念がある。それが選考会だ。

何年か前、芥川賞選考の翌日、「新喜楽」の芥川賞の選考会場と同じ部屋で、勤務先の読売新聞が主催する読売文学賞の選考会が行われ、事務方として出席した。その折に、両賞の選考委員を兼ねている小川洋子さんに前日の芥川賞の模様を伺ったが、聞くまでもなかった。推した作品が落ちたことは表情に明らかだった。

「第150回芥川賞発表記念大特集」をした『文藝春秋』平成二十六年三月号の「作家の本音大座談会」で、小川さんは語っている。「私は（芥川賞の）選考会が終わるとたいていまっすぐホテルに戻って、それから外に出て近くの公園をグルグルと何周も歩き回って、高ぶった気持ちを落ち着けるんです。自分が推した作品が通らなかった日は、足の裏に血豆ができるくらい回ったこともありました。そして、落ち着いたら、その日のうちに選評を書くんです」。

選評とは、単なる作品の批評ではない。作家が自らの文学観と読みの力をかけて、他の委員である作家と議論し、真剣勝負した戦いの報告でもある。

選考風景をリポート風に伝える選評がある。意に添わない受賞作が選ばれ、憤懣をぶちまける評もある。自らの文学観、文章観を開陳し、〈こんな小説ばかり書いていて、何が新人だ……と思った。こんな新人なら一人も居なくてもいい〉と、新人を叱咤し、激励するものもあれば、〈人の作品についてあれこれ言うときは、自分の作品でうまくいかないときのことを思い浮かべている。／長雨の中でふさいでいる〉（第百一回の大庭みな子の選評）というように、新人と同じように新しい表現を模索して苦闘するわが身を振り返る選評もある。ミリオンセラーになった受賞作について、〈緻密な描写が拡がるにしたがって、端から文章が死んで行き、これは文学ではないと思った〉と記し、選考委員を辞任するという、選評そのものがニュースになる〝事件〟もあった。小説に作家固有の文体があるように、選評にも作家の個性が表れる。

今年、平成二十七年は、芥川賞ができてから八十年。全百五十二回分。その数千四百以上に及ぶ選評を読むと、「どうやって芥川賞は選ばれるのか？」「選考会の様子は？」「文壇の大御所たちの文学観の違いは？」といった「芥川賞の謎」が解読できるのだ。

内向の世代の作家、後藤明生に「千円札小説論」がある。あらゆる作家は、小説を読み、小説を書く。どちらかを欠いても、文学は成り立たない。〈千円札の表は夏目漱石である。しかし漱石がいかに大文豪であっても、表だけではニセ千円札である。表と裏があってはじめて本物の千円札である。小説も同じである。書くことが表だとすれば、読むことは裏である。書くこと／読むことが、表裏一体となってはじめて小説である。これが私の「千円札小説論」である〉。

『文藝春秋』の芥川賞特集号に受賞作、「受賞のことば」とともに掲載される芥川賞の選評は、書くこと／読むことが、まさに表裏一体になった文学の王道の表現ともいえよう。よい文学は時代を映す磨かれた鏡である。昭和十年から始まる芥川賞の選評は、昭和、平成という時代と文学の流れを映し、作家たちの文学への熱い思いを刻んできた。

選評には、もう一つの芥川賞物語がある。

本文中、人物敬称略とさせていただきました。
また、引用文などには適宜ルビを振りました。

芥川賞の謎を解く　全選評完全読破　目次

第1章　太宰治が激高した選評

因縁の川端康成（左）と太宰治（右）

太宰、落選する

「傑作一つ書いて死にたいねえ」

それが若いころの口癖だった太宰治にとって、明治の文豪、夏目漱石に、東京帝大在学中に書いた「鼻」が認められ、大正文壇の寵児となった芥川龍之介は特別な存在だった。芥川の箴言集『侏儒の言葉』をもじった「侏儒楽」を旧制青森中学の同人誌に書いた太宰は、旧制弘前高校一年のとき、「将来に対する唯ぼんやりした不安」という言葉を残して自殺した芥川の死に衝撃を受け、授業ノートに、芥川の似顔絵や「芥川龍之介」の名前を繰り返し書くほどまでに憑かれた。芥川と同じ大学に進学し、井伏鱒二に師事、太宰治の筆名を用い始めてからも傾倒はつづき、友人と話すときには、芥川、鷗外、プーシキンらの名前をあげ、「芥川は幾つのときに何を書いたか」といって、自分と天才の作家とを比較するのが常だった。

昭和八年ごろ、太宰の初期の代表作「魚服記」と「思い出」を読み、〈文体に肉感がのめりこんでしまっている〉小説の〈やるせない抒情人生〉に感服した友人で作家の檀一雄は、太宰を訪ねて一升の酒を飲み合った際、思い切って口にしている。

「君は天才ですよ。沢山書いてほしいな」

そう言った。太宰は瞬間、身もだえるふうで、それでも、ようやく、全身を投げ出すように、

「書く……」

うなずいた。これが、太宰治と私の決定的な交遊のはじまりである。

（檀一雄『太宰と安吾』）

芥川はもはや単なる雲の上の憧れではなかった。太宰には自ら昭和の芥川たらんという思いがあふれていた。

太宰と、芥川龍之介の名前を冠した芥川賞とのかかわりは、『文藝春秋』昭和九年四月号に、井伏鱒二署名の小説「洋之助の気焔」が発表されたことに始まる。

そのころの私は「一朝めざむればわが名は世に高し」という栄光が明日にでも私を訪れることを信じていたし、目《ま》ばたきひとつするにも、ふかい意味ありげにしていたほどで、私のどんな言葉も、どんな行いも、すべて文学史的であると考えていた。

大詩人になることを夢みる「私」の、過剰な自意識ゆえの悲喜劇を描いた短篇は、多忙に追

われた井伏が太宰に代作させ、冒頭の詩などを井伏が書き足した小説だった。掲載誌を手にした太宰は、目を見はった、にちがいない。同誌のコラム欄「話の屑籠」に偶然にも「芥川賞」という固有名詞が初めて登場していたからである。

池谷(信三郎)、佐々木(味津三)、直木など、親しい連中が、相次いで死んだ。身辺うた た荒涼たる思いである。直木を紀念するために、社で直木賞金と云うようなものを制定し、大衆文芸の新進作家に贈ろうかと思っている。それと同時に芥川賞金と云うものを制定し、純文芸の新進作家に贈ろうかと思っている。これは、その賞金によって、亡友を紀念すると云う意味よりも、芥川直木を失った本誌の賑やかしに亡友の名前を使おうと云うのである。

執筆したのは、芥川と学生時代から親友で、新聞小説「真珠夫人」で人気作家となり、私財を投じて雑誌『文藝春秋』を創刊した作家の菊池寛である。ここに出てくる直木とは、芥川と並ぶ『文藝春秋』の常連執筆者で、「南国太平記」などの大衆小説で人気を博した直木三十五である。彼が昭和九年二月二十四日に四十三歳で亡くなったため、菊池はこの号を「追悼号」とし、そこで初めて芥川賞と直木賞の構想を明らかにしたのだ。

芥川と直木という二人の亡友の名前を活用して新進の作家を発掘し、〈本誌の賑やかし〉を図る。この表現には、雑誌創刊、賞の制定に加え、映画会社社長になり、生活の苦しい文士の生活を支えるため文芸家協会をつくるなど、「本邦初のプロデューサー」と呼ばれた菊池の合理主義の精神がよく表れていたというほかない。

予告通り、昭和十年『文藝春秋』新年号は、「芥川・直木賞宣言」を発表する。宣言文には、〈一、故芥川龍之介、直木三十五両氏の名を記念する為茲《ここ》に「芥川龍之介賞」並びに「直木三十五賞」を制定し、文運隆盛の一助に資することとした。／一、右に要する賞金及び費用は文藝春秋社が之を負担する〉とあり、細目には、〈第一期受賞資格を昭和十年一月号より六月号迄の各新聞雑誌に発表の作品と定む〉とあり、賞では賞牌（時計）と別に副賞として金五百円（現在は百万円）を贈呈するとあった。

太宰は、賞を取る気満々だった。この年、『文藝』二月号に「逆行」を発表し、商業誌に初登場、『日本浪曼派』五月号には「道化の華」を書き、勝負に出た。友人で文芸評論家の山岸《やまぎし》外史《がいし》から「道化の華」を芥川賞委員に選ばれた佐藤春夫が褒めていると伝え聞き、自身が賞の候補になっていることを知っていた。

選考会前月の七月三十一日、若い友人で帝国美術学校生だった小館善四郎に書き送ったはがきには、その強烈な芸術家としての自意識ゆえの芥川賞への独特な思いが書き綴られている。

このごろ、どうしているか。不滅の芸術家であるという誇りを、いつも忘れてはいけない。ただ頭を高くしろという意味でない。死ぬほど勉強しろということである。And then ひとの侮辱を一寸もゆるしてはいけない。自分に一寸五分の力があるなら、それを認めさせるまでは一歩も退いては、いけない。僕、芥川賞らしい。新聞の下馬評だからあてにならぬけれども、いずれにせよ、今年中に文藝春秋に作品のる筈。お母上によろしく。

芥川龍之介

昭和十年八月十日、第一回芥川賞の最終選考会が、東京・柳橋の柳光亭で行われた。候補作は、昭和初年のブラジル移民をテーマに農民の悲惨な姿を冷徹に描いた石川達三の「蒼氓《そうぼう》」と、外村繁《とのむらしげる》「草筏」、高見順「故旧忘れ得べき」、衣巻省三《きぬまきせいぞう》「けしかけられた男」、そして太宰の自画像めいた心象を時間軸を逆上るようにして三つの短篇でまとめた「逆行」の五作だった。翌日の読売新聞朝刊は、「最初の〝芥川賞〟無名作家へ「蒼氓」の石川氏　直木賞は川口氏」

との見出しで報じた。太宰の名はどこにもなかった。

〈芥川賞はずれたのは残念であった。「全然無名」という方針らしい。（中略）ぼくは有名だから芥川賞などこれからも全然ダメ。へんな二流三流の薄汚い候補者と並べられたのだけが、たまらなく不愉快だ〉。八月十三日には、小館にはがきを送り、鬱憤を晴らしている。太宰治、二十六歳の夏のことである。

川端を「刺す」と逆恨み

ふつうなら、これで終わりである。落ちた。それだけのことである。しかし、『文藝春秋』九月号が、受賞作とともに委員たちの選評を公表したことで、事態は迷走を始める。〈僕は本来太宰の支持者である〉が、候補作になったのが「道化の華」ではなく、太宰の諸作のうちでは失敗作と思う「逆行」だったことで損をしたという佐藤春夫の選評や〈太宰氏の「逆行」はガッチリした短篇。芥川式の作風だ〉という瀧井孝作の評価は、自尊心の強い太宰をそれなりに満足させるものであったことだろう。だが、次の選評に、太宰は激怒した。

この二作（「逆行」と「道化の華」、筆者注）は一見別人の作の如く、そこに才華も見られ、なるほど「道化の華」の方が作者の生活や文学観を一杯に盛っているが、私見によれば、作者目下の生活に厭な雲ありて、才能の素直に発せざる憾《うら》みあった。

書いたのは、「芥川・直木賞宣言」を掲載した昭和十年『文藝春秋』新年号に『雪国』の初章にあたる「夕景色の鏡」を発表したばかりの川端康成である。初出の『雪国』の書き出しは、かの有名な〈国境の長いトンネルを抜けると雪国であった。夜の底が白くなった〉ではなく、〈濡れた髪を指でさわった〉であった。川端は、文学表現も技巧もまだ発展途上の新進気鋭の作家。芥川賞選考委員では最年少の三十六歳であった。

「目下の生活に厭な雲」。それは図星だった。この年春に都新聞入社試験に落ちた後の失踪騒ぎは新聞沙汰になり、三月十七日の読売新聞朝刊には〈太宰治氏のペンネームで文壇に乗り出した〉帝大生の津島修治が失踪し、〈故芥川龍之介氏を崇拝して居り或は死を選ぶのではないかと友人は心痛している〉と記されていた。

太宰が新聞で騒がれるのは、これが二度目。昭和五年に「津島県議の令弟修治氏　鎌倉で心中を図る　女は遂に絶命　修治氏も目下重態」（東奥日報十一月三十日）と報じられて以来のことで、「道化の華」はこの事件を題材にした前衛小説だった。そして、昭和十年四月に盲腸炎で入院し、鎮痛のために使用したパビナールの中毒に苦しみ、薬代のため、友人知人から借金をしまくる荒れた生活をしていた。図星だからこそ、太宰は一歩も退けなかった。惑乱した。

〈私はあなたの文章を本屋の店頭で読み、たいへん不愉快であった〉――。「川端康成へ」という太宰の反論文が『文藝通信』十月号に掲載された。

「作者目下の生活に厭な雲ありて、云々。」事実、私は憤怒に燃えた。幾夜も寝苦しい思いをした。小鳥を飼い、舞踏を見るのがそんなに立派な生活なのか。刺す。そうも思った。大悪党だと思った。

川端を「刺す」とまで書き連ね、文章では「道化の華」は友人から、「川端氏になら、きっとこの作品が判るにちがいない」と言われたことなども連綿と書き連ね、〈私は、あなたのあの文章の中に「世間」を感じ、「金銭関係」のせつなさを嗅いだ〉などとせめたて、〈芥川龍之介を少し可哀そうに思った〉とも記した。

ここまで言われては川端も黙っていられなかった。「太宰治氏へ芥川賞に就て」と題する反駁文を『文藝通信』十一月号に即座に発表した。

〈芥川賞決定の委員会席上、佐佐木茂索《ささきもさく》氏が委員諸氏の投票を略式に口頭で集めてみると石川達三氏の「蒼氓」へ五票、その他の四作へは各一票か二票しかなかった。これでは議論も問題も起りようがない。あっけない程簡単明瞭な決定である。（中略）太宰氏に対して私の答えたいのは、右に尽きる。／太宰氏は委員会の模様など知らぬと云ふかもしれない。知らないならば、尚更根も葉もない妄想や邪推はせぬがよい〉

ただ、〈「生活に厭な雲云々」も不遜な暴言であるならば、私は潔く取消し、「道化の華」は後日太宰氏の作品集の出た時にでも、読み直してみたい〉と表明、大人の態度で応戦した。

騒動のさなか太宰は落選作「逆行」に追加する短篇「盗賊」を「帝国大学新聞」十月七日号に発表、そこには〈日本一の小説家、われはそれを思い、ひそかに頰をほてらせた〉〈芸術の美は所詮、市民への奉仕の美である〉と記している。落ちても意気軒昂だった。

これが文学史上に残る「芥川賞事件」の序曲だが、すぐに第二幕が開いた。太宰は、自分の支持者と言ってくれた佐藤春夫の家に通うようになり、十二月には佐藤から〈努メテ厳粛ナル三十枚ヲ完成サレヨ。金五百円（芥川賞の賞金と同額、筆者注）ハヤガテ君ガモノタルベシトゾ〉との葉書をもらい、再び芥川賞への期待を抱く。第二回の芥川賞の選考会が行われる一か月前の昭和十一年二月五日には、佐藤に芥川賞懇願の手紙を送っている。

拝啓

一言のいつはりもすこしの誇張も申しあげません。

物質の苦しみが　かさなり　かさなり　死ぬことばかりを考へて居ります。

> 佐藤さん一人がたのみでございます。（中略）私は　よい人間です。しつかりして居りますが、いままで運がわるくて、死ぬ一歩手前まで来てしまひました。芥川賞をもらへば、私は人の情に泣くでせう。さうして、どんな苦しみとも戦つて、生きて行けます。元気が出ます。お笑ひにならずに、私を　助けて下さい。佐藤さんは私を助けることができます。

末尾には〈家のない雀　治拝〉とあった。借金を清算するためにも芥川賞の賞金が欲しい。受賞によって故郷の人々に対して名誉回復をしたい。まさに泣訴である。この頃には、授業料未納で東京帝大を除籍され、あとがなかった。しかし、この太宰の願いはむなしく、第二回は候補になることもなく、親友の檀一雄の「夕張胡亭塾景観」が候補になった。風狂の人、胡亭と放浪の旅人、小弥太、そして運命に従順な聖女のごとき女性との奇妙な日々を描く作品は、久米正雄から〈これは新らしいデカダンだ。新らしい野獣派《フォーブ》だ、少くとも力強い。芥川賞が久米賞ならば、僕はこの人を推すに躊躇しない〉などと評価されたが、「該当作なし」だった。

佐藤春夫

余談だが、後に「火宅の人」を完成させる檀は、この落選がケチのつき始めで、芥川賞とは無縁で、後に直木賞をとる。「夫婦善哉」で知られ、戦後、太宰、坂口安吾とともに無頼派を代表する作家となる織田作之助、太宰と同人誌『海豹』などで仲間だった木山捷平《きやましょうへい》、太宰を師と仰いだ小山清も芥川賞落選組だ。太宰と関係のある作家の大半は、芥川賞を落ちている。これは何の因果だろうか。

泣き落とし作戦

太宰は諦めなかった。第二回選考会の三か月後の六月、初期代表作とされる「葉」や「思い出」、候補作となった「逆行」など短篇を集めた第一作品集『晩年』を上梓してからは、八月の第三回芥川賞に向けて、さらに見境のない行動に出る。「大悪党」とまで罵った川端康成にも昭和十一年六月二十九日付で、芥川賞を懇願する長さが四メートルにも及ぶ書簡を送りつけたのだ。

〈「晩年」一冊、第二《ママ》回の芥川賞くるしからず〉〈労作　生涯いちど　報いられてよしと　客観数学的なる正確さ　一点うたがひ申しませぬ　何卒　私に与へて下さい　一点の駈引ございませぬ〉〈困難の一年で　ございました／死なずに生きとほして来たことだけでも　ほめて下さい〉〈私に希望を与へて下さい　老母愚妻をいちど限り喜ばせて下さい　私に名誉を与へて下さい〉〈早く、早く、私を見殺しにしないで下さい〉

第三回の選考会では、これまで候補になった作家は、選考対象から除くことが決まり、太宰は除外された。受賞作は鶴田知也《つるたともや》「コシャマイン記」と小田嶽夫《おだたけお》の「城外」の二作だった。

衝撃を受けた太宰は、『新潮』昭和十一年十月号に発表した「創生記」で、佐藤春夫から、芥川賞を「お前ほしいか」などと言われたことなど、あたかも受賞の密約があったかのように記した。作品を読んだ中條百合子は文芸時評で、二人の関係を封建的な「徒弟気質」と批判、文壇の顰蹙を買った。これを知った佐藤は、即座に実名小説「芥川賞　憤怒こそ愛の極点（太宰治）」を発表。太宰の言動を〝妄想〟と断じたうえで、〈自尊心も思慮もまるであったものではない泣訴状が芥川賞を貰ってくれと自分をせめ立てるのであった。橋の畔で乞食から袂を握られてもこう不快な思いはしないであろうと思う〉とまで記し、弟子を突き放した。〈人間が人間から神に祈願するが如く懇願されるというのは苦しい不快なものである。それにいくら何と言われたって芥川賞は私の小使銭ではないのだ〉。

最大の支持者である佐藤からも見放され、太宰の芥川賞への道は閉ざされた。

これが文学史上、太宰治の「芥川賞事件」と称されるもので、泣訴の相手となったのは後に日本人としては初めてノーベル文学賞を取った川端康成と、門弟三千人といわれた文豪、佐藤春夫だったから相手にとって不足はない。しかも、落選後、いつの間にか書かなくなる作家もいる中で、直後に中毒を治した太宰は、暗い世相の時代に一筋の光をさす名作「走れメロス」

「お伽草紙」を発表、戦後には「斜陽」「ヴィヨンの妻」「人間失格」を矢継ぎ早に書き、昭和
二十三年、自ら命を絶ち、三十八年の生涯を終えるまで現役の、無頼派を代表する作家だった。
それだけに、太宰を見出さなかった芥川賞のありようが、あれこれ論議され、この事件のおか
げで、芥川賞は、落ちた作家も話題になる文学賞という栄誉を勝ち得た。
〈完成された一個の作品として、構成もがっちりしている〉〈作家としての腰は据っている〉
と候補作「蒼氓」が久米正雄や山本有三に評価され、第一回受賞者に選ばれた石川達三のそれ
からの活躍も目覚ましかった。〈いい意味で通俗的な手法も心得ており百四五十枚を一気に読
ませる〉という久米の予言通り、後に『青春の蹉跌』『四十八歳の抵抗』や『金環蝕』などベ
ストセラーを量産した石川は、芥川賞選考委員にもなった。

ただ、当時の石川は、同人誌に作品を発表しているだけの無名の存在である。選考委員で、
文藝春秋幹部として菊池の懐刀だった佐佐木茂索が〈委員の誰一人として石川達三氏に一面識
だもなかった事は、何か浄らかな感じがした〉と選評に記したほどだった。このため結果をと
り上げない新聞社もあり、賞を創設した菊池寛は『文藝春秋』（昭和十年十月号）のコラム「話
の屑籠」で、〈芥川賞、直木賞の発表には、新聞社の各位も招待して、礼を厚うして公表した
のであるが、一行も書いて呉れない新聞社があったのには、憤慨した〉と怒りをあらわにして
いる。

選考会の当日夜に、テレビなどで結果や、受賞者の喜びの会見の模様が速報され、翌日の新聞に詳細な報道がされている今日と比べると、隔世の感がある。

「選評」が公表される珍しさ

太宰の落選劇を演出したのは、作家による選考会と、選評を発表するという芥川賞のシステムだった。芥川賞が制定された昭和十年ごろ、有力な新人文学賞といえば、総合雑誌『改造』、『中央公論』の二誌が毎年行っていた懸賞小説だ。それは作品を公募し、優秀作品を選ぶもので、『改造』からは龍胆寺雄《りゅうたんじゆう》、芹沢光治良《せりざわこうじろう》、『中央公論』からは島木健作、後に芥川賞選考委員になる丹羽文雄らを輩出している。

菊池寛

だが、これらの賞には、ちゃんとした選考委員会はなく、「社内選考」で審査を行っていた。これに対して、著名な選考委員の名を掲げ、結果を新聞で発表する芥川賞・直木賞の選考方法は画期的だった。先に紹介した「芥川・直木賞宣言」をした『文藝春秋』昭和十年新年号には、次のような〈芥川龍之介賞規定〉を掲げている。

一、　芥川龍之介賞は個人賞にして広く各新聞雑誌（同人誌を含む）に発表されたる無名若しくは新進作家の創作中最も優秀なるものに呈す。
二、芥川龍之介賞は賞牌（時計）を以てし別に副賞として金五百円也を贈呈す。
三、芥川龍之介賞受賞者の審査は「芥川賞委員」之を行ふ。委員は故人と交誼あり且つ本社と関係深き左の人々を以て組織す。
菊池寛・久米正雄・山本有三・佐藤春夫・谷崎潤一郎・室生犀星・小島政二郎・佐佐木茂索・瀧井孝作・横光利一・川端康成（順序不同）
四、芥川龍之介賞は六ヶ月毎に審査を行ふ。適当なるものなき時は授賞を行わず。
五、芥川龍之介賞受賞者には「文藝春秋」の誌面を提供し創作一篇を発表せしむ。

直木賞の「規定」もほぼ同一で、「無名若しくは新進作家の大衆文芸中最も優秀なるもの」に与えると定められ、委員として、菊池、久米、小島、佐佐木ら芥川賞委員四名のほか、吉川英治、大佛次郎、三上於菟吉、白井喬二の四名の名前が記されていた。

さらに菊池は「審査は絶対公平」と題する文章を公表し、〈当選者は、規定以外も、社で責任を持って、その人の進展を援助する筈である。審査は絶対に公平にして、二つの賞金に依って、有為なる作家が、世に出ることを期待している〉と書いている。

複数の作家で選考会を行い、その選評を公表したことで、川端の「作者目下の生活に厭な雲」発言が生まれ、太宰が反発してこその芥川賞事件だった。「審査は絶対公平」を世に示すためにも、川端は、黙っていられなかった。「芥川賞事件」は、まさに芥川賞という新しいシステムが生み出した事件で、これにより世間の芥川賞への認知度もあがった。

文壇大御所揃い踏み

選評を書く選考委員の顔ぶれもすごかった。谷崎潤一郎（四十九歳＝第一回選考会当時・以下同）は、名前があるだけで一度も選考会に出席せず、長老格は、文壇の大御所である菊池寛（四十六歳）だった。小太りの体質のため胡坐《あぐら》がかけず、長く座っていられない菊池は、大抵会合を中座したが、ここぞというところでは自説を開陳する。選評は第三回にしか書かなかったが、代わりに『文藝春秋』の「話の屑籠」に毎回のように評を書き、第一回では〈芥川賞の石川達三君は、まず無難だと思っている。この頃の新進作家の題材が、結局自分自身の生活から得たような千篇一律なものであるのに反し、一団の無知な移住民を描いてしかもそこに時代の影響を見せ、手法も堅実で、相当の力作であると思う〉と記している。

〈谷崎の推挙で文壇に登場した佐藤春夫（四十三歳）は、抒情詩人であり、『田園の憂鬱』で脚光を浴びた小説家でもあり、大正文壇の雄だった。〈谷崎とその夫人、千代子との間の三角関係で世間を騒がせたが、その折に千代子とその子供を思って歌った詩「秋刀魚の歌」は、今日でも愛唱される。

〈さんま、さんま、／さんま苦いか塩つぱいか。／そが上に熱き涙をしたたらせて／さんまを食ふはいづこの里のならひぞや。〉

昭和三十五年には文化勲章を受章。真実を書く虚構とは「根も葉もあるうそ八百」、「酒、歌、煙草、また女／外《ほか》に学びしこともなし」など名言が多い。芥川賞の選考では、石原慎太郎の「太陽の季節」の受賞に、「美的節度の欠如に嫌悪を禁じ得ない」と大反対するなど、言いたいことは率直に語り、存在感は抜群だった。

室生犀星《むろうさいせい》（四十六歳）は、泉鏡花、徳田秋声と並ぶ金沢三文豪で、〈ふるさとは遠きにありて思ふもの／そして悲しくうたふもの〉という詩句が有名で、「幼年時代」「杏っ子」などの小説でも知られた。瀧井孝作（四十一歳）は、吉原の女性と自身との恋愛を〈正直に一分一厘も歪めずこしらえずに写生した〉という「無限抱擁」で知られ、第一回から昭和五十六年の第八十六回まで選考委員を務め、最長記録を持っている。久米正雄（四十三歳）は「微苦笑」ということばをつくった当時の流行作家で、文学に対する読みの的確さでは定評があった。

そして、横光利一（三十七歳）は〈真昼である。特別急行列車は満員のまま全速力で馳けていた。沿線の小駅は石のように黙殺された〉（「頭ならびに腹」）など映像感覚を生かした新しい表現で大正文壇の注目を集め、川端康成とともに新感覚派の旗手とされた。芥川賞の始まった昭和十年には「純粋小説論」を発表、〈もし文芸復興ということがあるものなら、純文学にして通俗小説、このこと以外に、文芸復興は絶対に有り得ない〉と表明し、若い頃は、川端よりも存在感が強く、門下から次々と芥川賞を出した。

こうした有名作家が候補作を読み、仮に落ちたとしても、個々の委員からは選評で評価される場合もある。世に埋もれた無名の文学志望者には、従来の懸賞小説よりもはるかに世に出るチャンスに満ちた新鮮な賞に映ったにちがいない。この結果、『中央公論』の懸賞は、芥川賞の制定と同時に廃止に追い込まれ、『改造』も昭和十四年の第十回までで廃止された。

無名もしくは新進の作家を発掘しようと、選考委員の意欲も盛んだった。

現在の芥川賞の選考は、主催の日本文学振興会が、文藝春秋の文芸編集者を予備選考委員として委嘱し、何度かの読み込みと話し合いのすえ、候補作を五〜七作程度選ぶ。選考委員は、この候補作をもとに審議する。つまり、委員が直接、候補作決定に関与することはない。

これに対して、戦前・戦中の芥川賞は、選考委員が、自ら候補作選びするだけではなく、候補作推薦を作家らにも募り、回答者の名前を、賞の発表の際に明記していて、謝意を表明している。第一回では、平林たい子、井伏鱒二、伊藤整、林芙美子ら三十八人の氏名が、第二回には志賀直哉や文芸評論家、小林秀雄の名まで登場する。芥川賞に対する文壇の期待を、ここに見ることが出来る。

とはいえ、カードで推薦があった作品は三十を軽く超えるので、選考委員がすべてを読むのは困難である。そこで第一回の選考では、瀧井の選評によると、〈席上で久米（正雄、筆者注）さん曰く、見渡したところ瀧井が一番閑がありそうだから一応瀧井が読んでみた上で芥川賞の候補者を何人か選出してもらって、その選出した作を委員が皆んなで読んできめることにしようじゃないか〉ということになり、瀧井が予選した候補作五作を全選考委員で読み、賞を決めた。

第三回では、瀧井に加え、菊池寛、佐藤春夫、小島政二郎、川端康成の五人が合議で候補作を選ぶという予選をしている。川端が『文學界』昭和十一年九月号に発表した「芥川賞予選記――文芸時評」によると、川端は、十八作家の二十三作を読み、疑問のものは二度読んだ、菊池、佐藤、瀧井等の諸氏も、今回は予選資格の作品を殆んど悉く読んだ。従って、私の責任も四分の一となり、予選は楽に決定した――と記している。

そして、予備選で選ばれた候補作を選考委員全員が読んだうえで、全体の選考会を開き、一度の選考で決まらなければ、日を改めて選考し、審議を尽くすという念の入れようだった。一回だけの選考で決める現在とは大いに違っていた。

「芥川賞の季節になると、いつも太宰を思い出す」

ところで、太宰と川端、佐藤との「芥川賞事件」には後日譚がある。川端は、先の「芥川賞予選記」で、第三回の芥川賞では、過去に候補になった作家は、太宰を含めて、話し合いの末、すべて候補から除外した経過を説明しつつ、〈太宰氏の作品集「晩年」も前に読んだ。今回に適当な候補者がなければ、太宰氏の異才などは授賞してよいものと思う〉と表明しているのだ。さらに、〈高見順氏、衣巻省三氏、太宰治氏、檀一雄氏、伊藤佐喜雄氏など前回候補者のような異才は、今回の候補には少なかった。仮りに石川達三氏のようなのを力の才とし、太宰治氏のようなのを質の才とすると、今回はその中間が多いようである。北條民雄氏の「いのちの初夜」などは、或いは魂の才と云えるかもしれない〉とし、太宰の「質の才」を高く評価したのだ。

太宰は、この第三回選考会の二か月後、井伏鱒二らの勧めで病院に一か月入院、鉄格子のある隔離病棟に入れられ、パビナール中毒は根治する。しかし、脳病院への入院という小説「HUMAN LOST」に書いた体験でのショックに加え、同棲していた青森の芸妓出身の小山初代が、太宰の若い友人で、文通相手でもあった小館善四郎と密通したことがわかり、やり切れなさから二人で群馬県の谷川温泉に行き、自殺を図った。これに失敗した二人は別れ、太宰のデカダンな日々は続くが、昭和十三年九月、再生を決意した太宰は、甲州・御坂峠の「天下茶屋」に滞在していた井伏を訪ね、二か月にわたって宿にこもり、小説執筆に励む。同時に、井伏の仲介によって見合いし、石原美知子と結婚。甲府に住み、〈富士には月見草がよく似合う〉という一節が有名な「富嶽百景」など中期の名作を量産してゆく。新婚当時に執筆した「女生徒」は、昭和十四年の『文藝春秋』五月号で、川端康成から絶賛された。

「女生徒」のような作品に出会えることは、時評家の偶然の幸運なのである。そのために、讃辞が或いは多少の誇張にわたるのは、文学を愛する者の当然の心事である。

その頃になると、太宰にとって、もう芥川賞事件のことは、遠い記憶になっていた。「東京八景」(『文學界』昭和十六年一月号)では、事件前後の疾風怒濤の日々を静かに回想している。

二つ三つ、いい雑誌に発表せられ、その反響として起った罵倒の言葉も、また支持の言葉も、共に私には強烈すぎて狼狽、不安の為に逆上して、薬品中毒は一層すすみ、あれこれ苦しさの余り、のこのこ雑誌社に出掛けては編輯員または社長にまで面会を求めて、原稿料の前借をねだるのである。自分の苦悩に狂いすぎて、他の人もまた精一ぱいで生きているのだという当然の事実に気附かなかった。(中略)その頃の文壇は私を指さして、「才あって徳なし」と評していたが、私自身は、「徳の芽あれども才なし」であると信じていた。私には所謂、文才というものは無い。からだごと、ぶっつけて行くより、てを知らなかった。野暮天である。

作品には、佐藤春夫も「S」という名前で登場する。

ことし四月四日に私は小石川の大先輩、Sさんを訪れた。Sさんには、私は五年前の病気の時に、ずいぶん御心配をおかけした。ついには、ひどく叱られ、破門のようになっていたのであるが、ことしの正月には御年始に行き、お詫びとお礼を申し上げた。それから、ずっとまた御無沙汰して、その日は、親友の著書の出版記念会の発起人になってもらいに、あがったのである。御在宅であった。願いを聞きいれていただき、それから画のお話や、芥川龍之介の文学に就いてのお話などを伺った。「僕は君には意地悪くして来たような気もするが、今になってみると、かえってそれが良い結果になったようで、僕は嬉しいと思っているのだ」れいの重い口調で、そうも言われた。

結婚した昭和十四年に発表した短篇「懶惰《らんだ》の歌留多」にこう書いている。〈苦しさだの、高邁だの、純潔だの、素直だの、もうそんなこと聞きたくない。書け。落語でも、一口噺でもいい。（中略）働かないものには、権利がない。人間失格、あたりまえのことである〉。

太宰が、もし芥川賞をとっていたら、どうなっていたのであろう。天才幻想に憑りつかれ、明るさとユーモアのある中期以降の太宰はなかったのかもしれない。芥川賞は、その存在の大きさゆえに、「作家を殺す賞」ともいわれるが、太宰の場合、落ちたことで作家としては生かされたのかもしれない。

佐藤は、太宰が没してから六年後の昭和二十九年七月、筑摩版『現代日本文学全集』第四十九巻の月報に〈芥川賞の季節になるといつも太宰治を思い出す。彼が執念深く賞を貰いたがったのが忘れられないからである〉で始まる文章を発表している。その中で、出版当時読まなかった太宰の中期の作品「津軽」を最近になって読み、〈非常に感心した〉〈この一作さえあれば彼は不朽の作家の一人だと云えるであろう〉とまで絶賛、〈生前これを読んで直接彼に讃辞を呈する事のできなかったのが千秋の恨事である〉と綴っている。表題は、「稀有の文才」だった。

菊池寛の商魂

芥川賞には、運、不運がついてまわる。第一回では、石川達三は実力もあったが、運も味方していた。そもそも受賞作「蒼氓」は、昭和八年の『改造』の懸賞小説で落選し、選外佳作に選ばれた小説で、当選作ではないから雑誌には公表されなかった。それが第一の幸運で、公表されていたら、〈昭和十年一月号より六月号迄の各新聞雑誌に発表の作品〉を対象にした第一回芥川賞の候補にはなれなかった。しかも、応募原稿は一切返却しないと規定されていたが、原稿に執着があった石川は、改造編集部を直接訪ね、原稿を返してもらっている。これが二番目の幸運だった。僥倖は続く。昭和九年の九月ごろ、大阪の『旗』という雑誌から石川に手紙が届き、選外佳作の「蒼氓」を掲載したいから、原稿を送ってくれ、といってきた。これを好機と考えた石川は、原稿を送り、編集部からは、十二月号に載せると言ってきたが、肝心の『旗』は十一月号でつぶれ、原稿は返却された。

石川達三

予定通り『旗』の十二月号に載っていたら、「蒼氓」は掲載期間の規定から芥川賞の対象外であった。この「蒼氓」を新しく作られた同人雑誌『星座』の創刊号にのせたい、という依頼が、石川の運命を決めた。エッセイ「出世作のころ」でこう回想している。

私は「蒼氓」の話はもういやだと言った。何度もけちがついているのだから、あんなものは捨ててしまうと言った。すると、中村は、「それではとにかく見せるだけ見せてくれ」と言って、持ち帰った。そして私には無断で「星座」創刊号（四月号）にのせてしまった。

それが芥川賞になるのだから、石川には運がつきまくっていたといってよい。受賞前の石川は、下宿屋や食堂への借金で首がまわらなくなっていて、〈文壇に愛想つかして、田舎へ帰って豚を飼うことを、いくらかは本気になって考えたりしていた〉とエッセイ「危機一髪のところ」で回想している。〈私が受賞することが、あと一年遅かったら、私は本当に牧畜業者になっていたかも知れない。危機一髪だった〉。

一方で、落ちた人たちには、運が味方していなかった。高見順の「故旧忘れ得べき」は、川端から〈最も面白く読んだ。或いは「蒼氓」より高く買われ得べきであろう。今日のインテリ世態小説としても、重要な地位を与えらるべきものだ〉と評価され、瀧井孝作にも〈実に雄弁で読んで面白かった。宇野浩二氏の往年の作風に似通う〉と認められたが、連載されている長篇の一部ということで選外に去った。それは近江商人一家の愛憎うずまく人間関係を描いた外村繁の「草筏」も同じで、〈外村繁氏は作家としての生活力の豊かさ強さ、材題の広さに於て、最も前途発展性ある作家と認められているが、「草筏」は長篇の冒頭ゆえ、次期の再考となった〉（川端康成）のである。

高見が自らの転向体験による苦悩と頽廃を描いた「故旧忘れ得べき」は完成後、高見順の初期を代表する小説とされ、かつては新潮文庫から出ていた作品。高見は戦後、「いやな感じ」で文壇の高い評価を集め、芥川賞選考委員を第四十七回から五十三回まで務めている。また、戦中、戦後に書いた高見の「日記」は、永井荷風の「断腸亭日乗」などと並ぶ日記文学の傑作とされ、闘病中に書いた詩集『死の淵より』では野間文芸賞を受けた。「文士というサムライ」にふさわしい生涯だった。

外村もまた完成した「草筏」で再び第八回の芥川賞の候補になり、川端から〈今回はこれ以外にないと思った〉とまで評価されながら、選考会の直前に池谷賞に決まったことで、急遽、候補から外された。佐佐木茂索は〈運不運はここで分れる〉と選評に記した。それでもしぶとく実力を発揮し、戦後は読売文学賞、野間文芸賞をとり活躍した。

そして、もう一つの候補作で、瀧井孝作に〈中篇恋愛小説近代風でしゃれた描写の巧みなものだ〉と評価され、川端康成からも〈皮肉に云えば、今日の新しい小説論の見本の如きもの〉と評価された衣巻省三の「けしかけられた男」は、作中に「ユリシーズ」や「スワン家の方」も登場するハイカラな長篇小説であった。ただ、作品は本にまとまらず、作家の存在も文学史の闇に消えていった感もあるが、関東大震災後、昭和のはじめにかけて尾﨑士郎ら多くの作家が居住し、「馬込文士村」と呼ばれた現在の東京・大田区の馬込付近を散策すると、衣巻の足跡に出合うことができる。

三島由紀夫邸近くの衣巻邸跡には、彼の業績を紹介する案内板が立っている。〈詩人の衣巻省三は、実家が裕福だったことから――馬込の中でも貧乏の味を知らない唯一の文士――といわれています。夫婦ともに美男美女、ダンスパーティーで出会ったというモダンボーイとモダンガールでした。／馬込へ移ってからは、自宅のアトリエでダンスパーティーをひらき、萩原（朔太郎、筆者注）夫婦や宇野千代、川端（康成、前同）夫人、室生犀星など友人たちを招きました。衣巻家こそ馬込のダンス流行震源地というわけです〉。

〈芥川直木を失った本誌の賑やかしに亡友の名前を使おうと云うのである〉という菊池の目論見は、第一回から的中した。芥川賞を発表した『文藝春秋』が評判になり、売れたのである。菊池は発表の翌月号（『文藝春秋』十月号）の「話の屑籠」にうれしそうに書いている。

芥川賞の石川君は、十二分の好評で、我々としても満足である。そのために、九月号なども売行が増したのではないかと思う。賞金その他の費用も充分償っているかも知れないから、社としても、結局得をしたかも知れない。

平成になってからも、「芥川賞発表号」を謳う『文藝春秋』の三月号と九月号は売れゆきはいい。綿矢りさ十九歳、金原ひとみ二十歳、という最年少の女性二人に決まった平成十六年の「第百三十回芥川賞特集号」は、ミリオンセラー（百十八万五千部）になるほど反響を呼んだ。単行本ではなく雑誌が百万部を超えるのはきわめて異例のことだ。三月号と九月号が出る二月と八月は、出版界では「ニッパチ」とされ、本や雑誌の売れ行きの悪い月とされる。その時に『文藝春秋』が売れる。先見の明があったという俗説（戦前の「発表号」の刊行月はニッパチに固定されていなかったから）が生まれるほど、菊池寛は敏腕プロデューサーだった。芥川賞の成功は、第一回で約束されていた。

第2章　戦争と選評

小林秀雄（手前）より受賞する火野葦平の陣中授賞式

二・二六事件当日の選考会

芥川賞が始まった昭和十年、憲法学者、美濃部《みのべ》達吉《たつきち》の天皇機関説に対して、右翼や軍部から、「天皇を国家という団体の使用人と考える邪説で、天皇の神聖を冒瀆し、国体を破壊するものだ」と批判の声が上がった。圧力に押された岡田啓介内閣は、機関説を禁じたうえ、美濃部の著作を発売禁止にした。「天皇機関説事件」である。同時に、国体明徴運動が起こり、日本国は、万世一系の天皇によって統治されており、いざという時には、天皇や国のために命を捧げるという天皇の神格化が進み、立憲君主制の精神は揺らぎが目に見えて現れる。

翌年には、陸軍の青年将校が「国体の護持」を大義に決起し、重鎮・軍首脳を殺傷し、首都中心部を占拠した「二・二六事件」が起きた。軍の力が強まり、戦争の足音が高まってゆく。

芥川賞も時局とは無縁ではなかった。『文藝春秋』が芥川賞の結果を選評とともに掲載する特別号には、毎号、「委員会小記」という選考の経過が書かれており、第二回の「小記」に「二・二六事件」が出てくる。芥川賞・直木賞の〈委員会を、二月二十六日二時よりレインボウ・グリルに開く。恰《あたか》も二・二六事件に遭遇したので、瀧井、室生、小島、佐佐木、吉川、白井の六委員のみ参集、各自の意見を交換した〉。

この回の直木賞選評で、白井喬二は〈市街では戒厳令が敷かれていた。新聞の号外、ラヂオをとおして刻々の実状を気遣いながら、直木賞のことがフイフイと頭の中を去来した〉と記している。

文藝春秋は現在、東京・麴町近くの紀尾井町にあるが、当時は、電車通りを隔てて日比谷公園がある内幸町のNHKと都新聞に近接した大阪ビルに本社があった。その地下にあるレインボウ・グリルは、作家との打ち合わせによく使われたレストランで、選考もその場で行われていた。首相官邸も近くにあり、銃剣を構え、背嚢《はいのう》を背負った兵士たちが、雪中を行進したり、道路を封鎖したりする姿を見た作家も多いはずだ。

この年の『文藝春秋』十二月号のコラム「話の屑籠」では、急速に変わりゆく時代の空気を菊池寛が伝えている。

「文藝春秋」は、来年十五年を迎える。当初は、いいたいことを書きたいための雑誌であったが、今ではいいたいことの半分も書けなくなった。雑誌が大きくなり過ぎたためもあるが、時代が変ったせいもある。明治大正は、我々文筆の士にとっては、自由な朗らかな時代であったという気が、だんだん濃くなってくる。

それでも、この時期はまだ昭和十二年の日中戦争が始まる前で、真珠湾攻撃に始まる日米開戦まではまだ四年ある。「いいたいことの半分も書けなくなった」とは言え、半分はまだ書けた。戦争が始まり、当局の締め付けによって紙の配給も乏しくなり、雑誌の統廃合が進み、言論弾圧が本格化する戦時下の、「物言えば唇寒し」という時代までは時間があった。

芥川賞も創設されたばかりで、無名もしくは新進の作家を輩出しようという選考委員の作家たちの意欲も盛んだった。ただ、発掘には、いつの時代も困難が隣り合わせだ。

〈芥川賞はある意味では、芥川の遺風をどことなくほのめかすような、少なくとも純芸術風な作品に与えられるのが当然である。その方が、ところを得ているのである。プロレタリア文学の傑作のためには、小林多喜二賞といったようなものが創設されてよいのである〉

これは菊池寛が、芥川賞創設前の昭和十年の『文藝春秋』に記した芥川賞の方針で、〈大衆文芸中最も優秀なるものに呈す〉直木賞との違いは、いっけん明らかだ。だが、何をもって「純芸術風」と見るかは、選考委員の嗜好によって異なる。

昭和十年の芥川賞・直木賞の創設以来、文藝春秋編集部員の傍ら、候補作の収集から、選考会の日取り、会場の設定まで事務一切を担当していた永井龍男（後に芥川賞選考委員）は、『回想の芥川・直木賞』で、当時の委員の話を書いている。

「早く云えば、芥川賞はお嬢さんだ。みずみずしいとか、若々しいとか、第一に新鮮さを買う。二三年経って、世帯染みたとしても、われわれ審査員に罪はない。作品の新風を買ったんだ。そうなると、差し当り直木賞は、雛妓《おしやく》とか若手の芸者というところかな。受賞作だけでなく、これからどんどんお座敷を稼げる人、譬えがいいか悪いか知らないが、審査員の気持としてそういうところがあるだろうな」

たしか久米正雄が、例の微苦笑裡に誰かに話しているのを、脇で聞いたことがある。芥川賞には新風を、直木賞には力倆を、という当初の目安を、くだいて表現したものとして記憶に残っている。

昭和十一年下半期の第四回は石川淳「普賢」と冨澤有為男《とみざわうゐお》「地中海」を推す委員が、両方とも自説を譲らず、芸術観の違いでぶつかりあった。小島政二郎が〈「地中海」は、間然するところのない描写小説の傑作〉〈調和の美と、力の美とを併せ持っている〉と主張したのに対して、室生犀星は、石川作品を〈こういう小説的小説は小説家である悩みを持つ私から、神かけて逃がれっこはないのである。私は不思議な宿命的な感覚からこの作品を絶対に支持することに決心した〉と応戦したためだ。

確かに、インテリ崩れの男が市井を彷徨しながら抱く幻想と幻滅とを饒舌体で描く「普賢」に対して、若い画家と人妻との恋の駆け引きとその破綻を、美しい地中海の自然を背景に描く

「地中海」は、通俗味もあり、作風がまるで異なる。

対立に〈まるで楷書の随筆と狂草の能筆とを並べて見て、それが両方とも必要に応じての書体ではあり、考えれば考えるほど判らなくなる〉と悲鳴を上げた佐藤春夫の意見もあり、結果はダブル受賞になった。「普賢」を第一に推した佐佐木茂索は〈芥川賞にしろ直木賞にしろ、もう少し基準をはっきりさせ、最後の決定の方法も確立する必要がある〉と釘をさした。ただ、この基準の確立はいつの時代も困難で、今日でも傾向が違う作品が高いレベルで対立した時、ダブル受賞になるケースはつづいている。

「暢気眼鏡」と日中開戦

これに続く第五回は、談笑裡に、ほとんど議論なく、尾崎一雄「暢気眼鏡」他に決まった。尾崎は二十六歳で「早春の蜜蜂」を『新潮』に発表しており、当時三十六歳。第一回の候補作推薦カードまで出しているベテランで、売れていないとはいえ名前は知られていた。

このため、佐藤春夫からは「一度休んだら」との意見もあったが、瀧井孝作が〈君の才能は友人間にはとくに認められていたが、一般的には未だ埋れている風だから、今回推薦してみた〉とし、〈貧乏の苦味などの自己主観を出さずに、明るく、サラサラと描いた所に、新味があると思った〉と評価した。佐藤も作品を精読した結果、推す気になり、〈貧乏生活もジメジメした自然派小説から区別されるべき逸脱の趣〉を高く買い、室生犀星は、きわめて文学的な表現で、この作品を賞揚している。

尾崎一雄氏は常に片々たる小品ばかり書いている作家であるが、その片々たるものすら遂に芥川賞に漏れなかったとすれば、片々たるもの遂に片々たらざるものがある訳である。今まで当選した作家は重厚な中篇の作家ばかりであった。だが、尾崎一雄氏によって遂に片々たるものも莫迦にするなという反対の啖呵を切られたような快哉を感じる。こいねがわくば以後片々たらざらんことを作者にのぞむ訳だ。

尾崎一雄

受賞作は、中年になってもうだつがあがらず、いつまでたっても作家の卵のままである男と、貧乏所帯をもった若くて愛嬌ある細君「芳兵衛」との生活を描いた私小説で、いっけんどこにでもありそうな、どうにも仕方のない人間の生活を、深刻ぶらず、〈くつくつ笑って眺めている〉（横光利一）大人の小説である。古いけれど、飄逸味があり、かむほどに、読むほどに味が出る短篇連作だった。新しい芥川賞の生んだマイナー・ポエットの第一号の誕生に、川端康成が〈とにかく、これらの作品に描かれた夫人に対しても、今回の受賞は喜びたく思われる〉と、夫人にまで言及したのは異例であった。

マイナーの私小説は、芥川賞では、思い出したように評価される。昭和三十五年下半期の第四十四回で〈清純な小説であり、これだけ汚れのない作品になると、却って新しくさえ見える〉と井上靖に評価された受賞作、三浦哲郎の「忍ぶ川」がそうだった。舟橋聖一も〈新人の作というと、晦渋で汚れたものの多い中では、古さこそ、新しさでもある。／とにかくも、わかりよくって、明るいのがいい。今までの私小説につきものの、ジメジメした退嬰味がなくて、善意に満ちた闘魂がある〉とした。

新しいものはいずれ古くなる。新しい意匠に見えたものが、時間がたつとただの流行おくれの野暮なものに見え、新鮮な感性もまた、新たな感性によって取って代わられる。そして、家庭といい恋愛といいありふれた通俗ではあるが、通俗もまた人間の変わらぬ姿である。

「第百五十回芥川賞発表」号である『文藝春秋』平成二十六年三月号は、北方謙三、髙樹のぶ子ら作家・評論家ら十五人が選ぶ「私が感動した芥川賞ベスト3」を特集した。最高の三票を得た作品は四作で、石原慎太郎「太陽の季節」と、学生運動時代の若者にとってバイブルのような存在だったベストセラー、柴田翔「されどわれらが日々――」、残り二作は、直木賞作家の宮城谷昌光が〈結婚し、妻とともに無明長夜に投げこまれたが、その作品があったおかげで、死ぬことも狂うこともなく、地獄から妻とともに這いでることができた〉〈運命の一作〉と評価した尾崎の「暢気眼鏡」と、三浦の「忍ぶ川」だった。古いけれど、新しい作品は、いつまでも古びない。だから人気が根強いのである。

この第五回の予備選考会が行われた昭和十二年七月六日の翌日、中国の北平（北京）郊外で、一発の銃声が闇夜を切り裂いた。盧溝橋事件である。宣戦布告のないまま戦線は拡大した。中国側の国民政府の蔣介石が「最後の関頭（わかれ目）に至ったならば、あらゆる犠牲を払っても徹底抗戦する」と宣言した翌日の二十日、「暢気眼鏡」への授賞は決まった。しかし、「暢気」を玩味する時代は、急速に終わろうとしていた。

伍長の受賞と小林秀雄

「帝国政府は爾後《じご》国民政府を対手《あいて》とせず」。昭和十三年一月十六日、首相の近衛文麿が声明を出し、日中関係が泥沼化するさなかの二月、第六回の選考会が行われ、火野葦平の「糞尿譚《ふんにようたん》」が選ばれた。菊池寛は手を叩いて喜び、「話の屑籠」では盛大なる祝辞を送っている。

芥川賞は、別項の通り、火野葦平君の「糞尿譚」に決定した。無名の新進作家に贈り得たことは、芥川賞創設の主旨にも適し、我々としても欣快であった。作品も、題は汚らしいが、手法雄健でしかも割合に味が細く、一脈の哀感を蔵し、整然たる描写といい、立派なものである。しかも、作者が出征中であるなどは、興行価値百パーセントで、近来やや精彩を欠いていた芥川賞の単調を救い得て十分であった。

菊池の期待通り、戦塵硝煙の中国に出征中の火野の受賞は、新聞の社会面を賑わせた。「東京朝日新聞」は、「〝芥川賞?! 一升奢るッ〟 葦平伍長殿は股火鉢 西湖畔にペンの凱歌」（昭和十三年二月十二日）の見出しで、特派員による火野インタビューをのせ、陣中の様子を報告している。この回から賞を主催する日本文学振興会は、ちょうど中国に滞在していた文芸評論家の小林秀雄に、火野への賞の伝達を依頼、杭州で異例の陣中授与式が行われた。

火野は、もとより、こうした騒ぎを見越して書いたわけではなかった。それどころか、「糞尿譚」は、戦争とも時局ともなんら無縁の、糞尿を汲み取る業者の苦心惨憺、悪戦苦闘を伸びやかな筆致で描いたもので、リヤカーに積んだ壺の中の糞尿を、「これでも食え」と絶叫しながら柄杓でまき散らし、敵を追い払う鬼気迫るシーンで終わる。

さあ、誰でも来い、負けるもんか、と、憤怒の形相ものすごく、彦太郎がさんさんと降り来る糞尿の中にすっくと立ちはだかり、昂然と絶叫するさまは、ここに彦太郎はあたかも一匹の黄金の鬼と化したごとくであった。折から、佐原山の松林の蔭に没しはじめた夕陽が、赤い光をま横からさしかけ、つっ立っている彦太郎の姿は、燦然と光りかがやいた。

横光利一が〈南方人の熱情が漲り流れ、糞尿を多くの人々の頭上に振り撒く象徴がある。都会人の買いたてのネクタイには、以後定めし飛沫の汚点が点くことと思う〉と評価した作品は、〈いかにも骨組の逞しい力のある作〉（佐藤春夫）であり、この回から初めて委員になった宇野浩二からは〈芥川賞銓衡委員会は、数年ぶりで、或いは初めて、掘出物をしたと云えるかも知れない〉とまで評価された。が、一方で、〈お座敷へ出せる品物だろうか〉と躊躇する意見もあった。室生犀星にいたっては、「わしは、そんなキタナイ小説はきらいじゃ」と発言したとの宇野浩二証言もあり、二月二日の審議のみでは決まらず、最後二月七日に選考会を開き、〈全委員の意見、遂に火野葦平の「糞尿譚」に授賞決定〉した。それが火野の後半生の運命を決定づけた。

火野葦平

昭和十二年の日中戦争のさなか、折から「糞尿譚」を執筆中だった火野は、この年九月九日午後、武運長久を祈願するため、神社に詣でた後、福岡県若松市（現・北九州市若松区）で行われた出征壮行会に臨んだが、途中で会を抜け出し、別室にこもって「糞尿譚」の最後を書き上げ、原稿を九州の同人誌『文学会議』に送った。

主宰者の矢野朗は、すぐの掲載は見送るつもりだった。葦平の原稿は、二号、三号に連続して掲載されていたため、躊躇したらしい。しかし、出征という現実を前に、これは葦平の遺稿になるかもしれないと判断、掲載予定原稿と差し替え、第四号に掲載した。

北九州市教育委員会が平成六年一月二十七日に発行した「火野葦平展」のパンフレットはこう記している。〈『文学会議』は、4号で廃刊となった。まるでこの世に〈火野葦平〉という作家を送り出すために存在したかの観がある〉。

さらに幸運だったのは、前回、前々回と、中堅の受賞者が続き、芥川賞の選考委員の間で、〈最初の目標を失って、と云うよりは、候補者難に陥って、「純新進」よりは、どうしても「苦節十年」派に、片寄りかかっていた〉（久米正雄）ことへの反省があったからだ。

〈出征中と云う政治的条件すら、申分無かった。地方の文芸雑誌に載ったのなぞ、更に錦上花を添うるものだった〉（久米）。地方の同人誌からの受賞は、今回が初めてだったのだ。

「芥川賞に殺されないように」

受賞は、火野にとって幸運であり、不運への道の始まりでもあった。菊池が〈自分は、真の戦争文学ないし戦場文学は、実戦の士でなければ書けないという持論であるが、火野君のごとき精力絶倫の新進作家が中支の戦場を馳駆していることは、会心のことで、我々は火野君から、的確に新しい戦争文学を期待してもいいのではないかと思う〉と書いた希望は、事実その通りになる。受賞後、ペンの力を買われた火野は、中支派遣軍報道部への転属を命じられ、「麦と兵隊」「土と兵隊」「花と兵隊」の「兵隊三部作」を発表、ミリオンセラーとなり一躍、国民の英雄に祭り上げられる。それが戦後は一転、公職追放該当者として指名される。

「麦と兵隊」は、今日読み直しても、追放に該当するような好戦的な小説ではない。むしろ、戦争という人事が行われる大陸の広大さに比べての人間の卑小さと、弱さ、それでも生き抜こうとする人間の逞しさが迫ってくる小説である。作品の前半には〈支那人〉の〈朴訥にして土のごとき農夫〉への〈限りない親しみ〉も表現され、彼らの生命力にも目を見張っている。〈戦争すらも彼等（農夫、筆者注）には、ただ農作物を荒す蝗《いなご》か、洪水か、旱魃と同様に一つの災難に過ぎない。戦争は風のごとく通過する。すると、彼等は何事も無かったように、ただ、ぶつぶつと呟きながら、ふたたび、その土の生活を続行するに相違ない〉

〈麦畑の上を確固たる足どりを以て踏みしめ、蜿蜒《えんえん》と進軍してゆく軍隊を眺め、その溢れ立ち、もり上り、殺到してゆく生命力の逞しさに胸衝《う》たれた〉という場面が、戦意高揚と問題視されることもあるが、これは、中国側から迫撃砲弾の攻撃を受け、次々と日本兵が死傷、主人公もまた〈死ぬ覚悟〉をした、厭戦的気分すら醸しだす、凄まじい戦闘シーンに続く場面に出てくる表現である。死と隣り合わせに生きる兵隊の生命力の讃歌である。

一方で、日本軍の行為についても火野は小説で書いており、飽くまで抗日を続けた〈支那兵〉に対し、日本兵が軍刀を抜き、首を斬る場面もあった。ただし、この場面は検閲で伏字とされた。日本軍の負けているところ、戦争の暗黒面、女のこと――などを書くことは制限されていたからだ。

火野は、公職追放が解除されてから再び、精力的に小説を発表し、昭和二十七年からは読売新聞に北九州の若松港を舞台に火野（本名・玉井勝則）の父・玉井金五郎と母・マンの波乱万丈、痛快無比の物語「花と龍」を連載、映画化もされ、代表作の一つになる。また、親分肌のあった人らしく、九州文学の育成のための活動をし、北九州・小倉在住の松本清張が昭和二十八年、「或る『小倉日記』伝」で芥川賞を取った時には、手紙を送っている。そこには、〈あなたのこれからに妙な責任が生じることを恐れます〉と指摘したうえで、〈あなた自身の才能と方向を自由にのばして下さい。芥川賞に殺されないように〉と記されていた。

火野は、敗戦前後の日々を、反省を込めながら書いた『革命前後』を刊行したのを確かめるように、その直後の昭和三十五年一月二十四日、若松の自宅で自殺した。

その遺書にはこう書かれていた。

死にます。
芥川龍之介とはちがふかも
知れないが、或る漠然とした
不安のために。
すみません
おゆるし下さい。
さやうなら。
昭和三十五年一月二十三日夜。十一時
あしへい

「国家的重要性を持つ点で授賞に値する」

日独伊三国同盟が締結され、大政翼賛会が結成された昭和十五年は、外国名のたばこを改名し、ゴールデンバットを金鵄《きんし》、チェリーを桜としたほか、「ぜいたくは敵」だというスローガンが叫ばれた年である。戦時用の男子の国民服令が公布されるなど、米英との対立は激化していた。

この年、二月五日に開かれた第十回は、選考会で初めて「時勢」が話題になった。寒川光太郎《さむかわこうたろう》の「密猟者」が〈芥川龍之介が「鼻」をひっさげて、夏目先生に見えた時分の事を思い出した〉（漱石の弟子だった久米正雄の選評）などの高い支持で受賞が決定したが、落選した金史良《キムサリヤン》「光の中に」もまた〈今日の時勢に即して大きい主題〉（瀧井孝作）と評価され、受賞作と共に『文藝春秋』に併載されたからだ。

大正三年に朝鮮・平壌《ピョンヤン》で生まれ、旧制佐賀高校、東京帝大に学んだ金は、このとき二十五歳。日本語で表現する在日朝鮮人作家の先駆であり、日本人と朝鮮人の女性の間に生まれた山田春雄と、朝鮮人でありながら、南《なん》ではなく、日本名風に「南《みなみ》先生」と呼ばれる男性との交流を描いた「光の中に」を強く推す委員もいた。久米正雄は〈実はもって私の肌合に近く、親しみを感じ、且つ又朝鮮人問題を捉えて、其《その》示唆は寧《むし》ろ国家的重大性を持つ点で、尤《ゆう》に授賞に価する〉とまで評価した。

「五族協和」を国家のスローガンとして掲げていた当時、朝鮮人問題は重要な文学的テーマであり、佐佐木茂索も〈金史良氏の「光の中に」も佳作たるを失わない。「密猟者」がなければ之が芥川賞であることに問題はない。今度の文藝春秋誌上に「密猟者」と併載する事にしたから、就《つい》て同氏の「価値あるテーマ」を知って欲しい〉とした。

二人に挟まれ、埋もれたのは、どん底から這い上がる関西人の悪戦苦闘を闊達に描いた「俗臭」で候補になったオダサクこと二十六歳の新進作家織田作之助である。〈「俗臭」を推薦することを期して出席した〉室生犀星は、選評で〈落選した「俗臭」の去って行く姿が一層はっきりとさびしく眼に映って来たのである〉と残念がった。この年、四月に織田作之助は代表作「夫婦善哉」を発表して注目され、戦後は流行作家になるが、その七年後の昭和二十二年、読売新聞に「土曜夫人」を連載中、肺結核のため三十三歳で死亡した。一方、金は、戦時下に弾圧を避けるために帰国。終戦後は、昭和二十五年に始まった朝鮮戦争で人民軍に加わるが、この年、消息をたち、死亡したものと思われる。絶賛された寒川は開戦後、海軍報道班員として従軍、フィリピンで捕虜になり、約三年間抑留生活を送ったのちに帰国。戦後は、大衆小説誌に作品を発表するが、文学史上の闇に消えていった。

初の辞退者

事件が起きた。第十一回は、藤原氏と橘氏が覇を争う権力の座から凋落し、漢詩文が盛んになる表現の世界でもとり残されていく名門出身で、やまと歌の大家だった大伴家持《おおとものやかもち》の生涯を淡々と描いた高木卓《たかぎたく》「歌と門の盾」を授賞作と決定したが、作者が受賞を辞退したからである。〈題材は好いが、描写の文章は、ぼくは外米を嚙むようで味がなくて、とりたくなかった〉（瀧井孝作）という意見に代表されるように、評価は芳しくないなか、もっとも強力に推したのが菊池寛だっただけに、憤懣収まらぬものがあった。本来、受賞作を掲載し、読者の注目を集める『文藝春秋』九月号には「該当作なし」のため作品掲載はなかった。同号のコラム「話の屑籠」で、菊池は怒りを爆発させた。

今度は、授賞中止説が多かったが、自分は高木卓氏の前作「遣唐船」（第三回芥川賞候補作、筆者注）が授賞に値したものであったと思うので、今度の作品は不十分であるが、歴史小説として「遣唐船」と共に上古日本の世界に取材してある点を買って、授賞を主張したのである。審査の正不正、適不適は審査員の責任であり、受賞者が負うべきものではない。活字にして発表した以上、貶誉は他人にまかすべきで、褒められて困るようなら、初めから発表しない方がいいと思う。

幸田露伴の甥で、旧制水戸高、一高のドイツ語講師をしていた高木は、後に読売新聞社文化部編の『文壇事件史』（昭和四十三年刊）の中で、「歌と門の盾」で、受賞の打診をされ、「考慮させてください」とまず答えた理由をこう語っている。「自分でもたいしていい作品と思っていなかったし、むしろ前作の『遣唐船』のほうが気にいっており、芥川賞はそっちのほうでほしかった。それで即答しなかったわけです。二日間考えた末、結局辞退することにしました。いまから考えると、文学賞なにするものぞ、といった若さのいきおいも多少はあったかもしれません」。

他の選考委員の反応もさまざまで、高木について〈この作者は人として学者として優れた人らしいのに、文学的——尠《すくな》くとも作家的天分にはあまり恵まれた人ではないらしいとまで考えていた〉佐藤春夫は、辞退という報を聞いて、〈氏の自ら知る明に敬服し氏の自負に対して当選者以上に尊敬したくなった〉と記した。高木が後年、東大教授になり、『平安朝物語』や評伝『ヴァーグナー』『露伴の俳話』などの著作のほか、多数の翻訳をものし、「学者として優れた人」になったことを考えると、春夫の評には、「作者の天分を知る明」があったというべきだろう。

宇野浩二の評は、激辛だった。〈失敗作であるばかりでなく、凡作である。されば、高木が、この小説に対して芥川賞を辞退したのは、賢明である〉。この辛口評は、当然、この作品を評価した文壇の大御所、菊池寛が見ることも前提に書かれている。賞を蹴った高木も、蹴ったことに怒った菊池も、授賞に反対した宇野らも、それぞれに作家の独立自尊の精神が横溢した回であった。

これには後日譚がある。同人誌『作家精神』に載った作品で辞退した高木は、他の同人たちの迷惑にならないよう、次の芥川賞選考会を前に、文藝春秋に菊池寛を訪ね、「自分は勝手に賞を辞退したのですが、わたしのために他の同人が迷惑をこうむっては困ります。いいものがあったら選考に加えてください」と頼んだ。菊池は「選考には私情をまじえないようにしましょう」と確約したので、ほっとしたという。

時局的には「長江デルタ」

第十二回芥川賞は、この同人誌『作家精神』に掲載された櫻田常久の「平賀源内」が受賞作となった。選考会が開かれた昭和十六年一月は、陸相の東条英機が「生きて虜囚の辱を受けず」の「戦陣訓」を全陸軍に下した。

日本の海外進出の動きに合わせ、満州（中国東北部）など「外地」を舞台とする小説の候補作も目立ってきた。この回でも、著者自身の満州体験をもとに、満州国に忠誠を尽くすことで生きる術を見出す満州人通訳・祝と日本人高官との交流を描く牛島春子「祝といふ男」が候補になっていた。

選考会では「時勢」や「当局」「国策」といったきな臭い用語も飛び出す時代だった。焦点になったのは、長兄が戦死し、「名誉の家」となった一家に残された弟と母、兄嫁の複雑な心の機微を描いた白川渥「崖」の評価を巡ってであった。家を守るためもあり、未亡人だった兄嫁と結婚した弟の、妻への愛情と、亡くなった兄へのどうにもならない嫉妬心、弟と生活をやり直そうとする兄嫁が、兄を忘れゆくことへの不安にかられる母……。戦争によって傷ついた一家族の愛と苦悩を過不足なく描いた短篇は、〈抜群の手腕だと思った〉と小島政二郎や川端康成が推し、横光利一は声を大にして〈今までの芥川賞の授賞作品のうち、最も良いものの一つと並び、さまで遜色のない重量を備えたものと思った〉と激賞したが、〈戦死者の未亡人の再婚問題が扱われていて、現今の当局の忌避に触れる点〉（瀧井孝作）が問題になり、選外に去った。

人を殺傷し、獄死したとされる江戸の天才発明家、平賀源内が、杉田玄白らの計らいで助け出され、富士の裾野で荒地を開墾、窮乏する村民を救い、更生するという筋の当選作「平賀源内」は、佐藤春夫が〈敬服した〉といい、川端康成から〈知識人の生き方について、一つの道を考えた〉〈今日生きた思想を含む小説〉と評価されたが、宇野浩二は、〈余り用いたくない言葉であるが、国策に向くように書いてある。そうして、なかなか面白い小説である〉と授賞決定を留保、そのうえで同様のことを第十二回の直木賞の選評でも書いている。なぜ、芥川賞委員の宇野が、直木賞に口をはさんだかといえば、多忙などを理由に直木賞委員の出席率が低いため、第十回直木賞選考会から、〈芥川賞の委員全部に、直木賞の委員を兼ねて貰うことにした〉（第九回直木賞の佐佐木茂索の選評）からである。兼務は、この第十二回まで続いた。

人間を一人も出さず、ひたすら鶏だけの生態を、細大漏らさず描写した村田孝太郎「鶏」は、この回の、いや芥川賞史上でも異色の候補作だった。一番に推した室生犀星は〈鶏の生活を深くたずねて行きつくところまで、眼と心を行亙《わた》らしている。愉しい物語。そこに野心なく流麗素朴〉と推賞、瀧井も〈一番好きで一番佳い〉と評価したが、あと一歩だった。

本書執筆のため、今回初めて「鶏」を読んだが、次から次へと頁をめくりたくなる妙な魅力があった。戦前の世相の暗さはなく、鶏の懸命に生きるさまが心に響いた。著者の村田孝太郎の経歴は未詳だが、歴史の闇に消えていったかに見える候補作にも、いい作品がある。

こうした埋もれた名作を掘り起こす企画もあり、最近では、第四回の受賞者、冨澤有爲男が、「受賞のことば」で「今度の芥川賞候補中伊藤永之介の名作『鶯』が逸せられたのはいかにも残念である」と、異例の付記をした「鶯」が平成二十三年、ポプラ社の『百年文庫　100朝』に収録された。田舎町の警察署を舞台にそこを出入りする庶民の困窮を、温かいユーモアでつづる珠のような作品である。『百年文庫』には『68　白』に北條民雄「いのちの初夜」(第三回)、『91　朴』に中村地平「南方郵信」(第七回候補作)も入っている。

このほか戦前の芥川賞落選作で現在も文庫で読める作品は、新潮文庫『晩年』に収録の太宰治「逆行」(第一回)、ちくま文庫『中島敦全集1』に収録の中島敦「光と風と夢」(第十五回)だけでなく、『鳳仙花』収録の川崎長太郎「餘熱」(第二回)、『世相・競馬』収録の織田作之助

「俗臭」（第十回）、『おじいさんの綴方・河骨・立冬』収録の木山捷平「河骨」（第十一回）が講談社文芸文庫で読める。落選作にも読み継がれる名作が多い。これが芥川賞の力だ。

　対英米開戦準備を明記した「情勢の推移に伴う帝国国策要綱」を御前会議で決定した七月に行われた第十三回では、「時局」か「芸術」かをめぐって選考会で激しい議論になった。候補作は多田《ただ》裕計《ゆうけい》「長江デルタ」、相野田敏之「山彦」、埴原一亟《はにはらいちじょう》「下職人」など、九作品で、焦点になったのは、「長江デルタ」の評価だった。多田は当時、中国の上海で、日中合弁の映画会社の事務部につとめており、作品は、揚子江河口の三角州地帯を舞台に、日中戦乱の中で生きる中国人姉弟と日本人青年の姿を描いたものである。

「文芸銃後運動」のため樺太に赴いた菊池寛、久米正雄が欠席するという情勢で行われたこの回の発表は、選評ではなく、選考過程の速記録を起したものを『文藝春秋』に掲載しており、かなり臨場感がある。

　選考会では、所用により欠席した川端康成の電報がまず朗読された。――「長江デルタ」或は「下職人」を推す、下職人の方が確かだが、デルタの方将来性あり面白いかも知れぬ、「山彦」は少し躊躇する。文章など未熟だし、終り悪い、今後の機会に見るべき作家と思う――。

　これに対して、佐藤春夫は「『長江デルタ』だって決してうまくないと思う。テーマはいいけれども、神経がよく行き届いていない作品だと思う」とし、「気品という点からは、『山彦』

のほうが欠点があっても推すナ」。

宇野浩二も同調し、「『長江デルタ』は文学的精神は高くないね。高くないというより、僕は低いと思うナ」。この展開に、横光利一が割って入った。

「『下職人』も『山彦』もうまいと思うのだけれども、ああいううまさは老大家がいればいいのじゃないかという気がするのです。この『長江デルタ』なんてものは、みんなに読ませれば、もっと僕は考える所が出て来るだろうと思う。支那の青年なんかに読ませれば、日支の提携というような点で実に貢献する所があるだろうと思う」

しかし、「山彦」を推す佐藤は「これ（「長江デルタ」、筆者注）を授賞する所は、情報局のような所であってもよさそうなものだと思う」と譲らない。

遅刻してきた室生犀星に、佐藤は、「長江デルタ」と「山彦」と、どっちを採るか、と聞いた。

室生　やはり時局的という言葉を使えば、「長江デルタ」だろうね。

宇野　時局的ということは別に考えたら、どう思う「長江デルタ」は？

室生　そりゃ「山彦」だナ。

小島政二郎も「長江デルタ」は「昭和十六年でなければ全然問題にならんよ」と劣勢になったところで、「『長江デルタ』というのは三角関係の象徴なんだ」という横光が再び発言し、カ説する。「僕は、皆さんの仰しゃったことは皆分るが、最後は、新しい文学はこれでなくちゃならんと思うのだ。そういう意味です。これは、下手とか何とかいうことになれば、下手なところはたくさんあってなんだけれども、新しい文学はこう行くより方法がない」。

進行係の集計では、「山彦」は佐藤春夫、室生犀星、小島政二郎、宇野浩二の四票、「長江デルタ」も佐佐木茂索、瀧井孝作、川端康成、横光利一の四票。このため、文芸銃後運動のため欠席していた菊池寛と久米正雄の意見を聞くことを決めて、この日は散会した。

翌朝、樺太にいる菊池と久米の二人から、それぞれ電報が届いた。「デルタモカンシンセヌガ　ヤマヒコモコマル」。菊池は両作品ともに授賞には反対した。これに対して、久米は「ヤマヒコハアマリニインサン」「テフコウデルタヲゲンチブンガクノメバエトシテスイセンス」とあった。「現地文学の芽生え」との時局がらみの評価もあり、一票差で「長江デルタ」の受賞に決まった。

対抗馬の「下職人」は、頑固な職人気質の音吉と、大学出で事務能力の高い修造とのライバル対決を、親方の娘との恋模様もからめて描き、面白さではこれが一番か。昭和十七年の『オール讀物』新年号に「芥川賞候補作品」として再掲載されたようにエンターテインメント性がある。しかし、「うまさは老大家がいればいい」という横光の発言にあるように、芥川賞では「うまさ」は通俗性、新鮮味のなさの代名詞となりかねないのだ。

同点決戦で惜しくも選から洩れた「山彦」は、貧乏病気小説の典型とでもいうべき短篇で、父親が心を病み、貧しさから母と二人、村の火葬場の仕事を黙々とこなす息子・三吉のけなげな姿を、清冽に描いている。少女との淡い交流と、悲しい別れも描き、情感もたっぷりで芸術的な感興もあるが、川端が「終り悪い」と論評したように、読後があまりに苦く、菊池寛は、その創作姿勢を「話の屑籠」で痛烈に批判した。〈「山彦」のような題材は、やはり一つの時代錯誤だ。時代の影響を受けてしかも文芸の本質を失わないと云うことが大切なのである。時代の影響を少しも受けないと云うことは、文芸としても一つの欠点である〉。

高見順は『昭和文学盛衰史』で、〈時局的と芸術的、これはもう過去のことのようだが、そしてその「時局的」という考え方はすでにそうだが、もしそれを小説における問題性と芸術性というふうに見ると、今日もなお、小説評価の二つの観点として存在している。そして今日でも、この二つのタイプの小説は存在しているのである〉と指摘している。

「大陸の時局ものばかり続く」

昭和十六年十二月八日の真珠湾攻撃に始まる太平洋戦争開戦後の芥川賞は、史上二人目の女性である芝木《しばき》好子《よしこ》の「青果の市」が選ばれた。戦時下の青果市場を舞台にした小説には、統制経済に翻弄される姿も描かれていたため、宇野浩二の選評によると、〈小説の主題が、この重大な時に、差し支えがある、という事が問題になって、それについて各委員がずいぶん論議をしたが、結局、終りの方を作者の諒解を得て、直してもらって、発表しよう、という事になった〉という。最大に評価したのは久米正雄である。

現在の時局に照らして見て、若干の危険性を感じはしたが、是は、決して一個の、世相批判ではない。時世に押し流さるる、青物市場の統制史ではない。況《いわ》んや其の統制に反抗する、小市民の不平ではない。一個の健気な、庶民的女性の奮闘史と見るべきである。そうした小市民性の、美しい輓歌ではあるが、未練や抵抗ではない。だから、全篇の与える感じは、少しも不健全でなく、従って非国策的ではない。寧ろ、此の際こうした一つの素直な訴えの如きは、全国の中小商工業者を、救うものですらあると思う。賢明なる文化政策を執る人々は、恐らく此の作品を、充分許さるべき民の声として、真面目に聴いて呉れるだろう。

あくまでも文学としてのよさを評価しているのだが、それでも「非国策的ではない」などとあえて明記するところに「時局」の影がちらついた。

戦時下の芥川賞の特色は、大陸の時局物の入選が目立って増えたことだった。昭和十七年下半期の第十六回は、盧溝橋事件の頃の中国を舞台に、新聞の記事やフィルムを運ぶ連絡員として働く人々の生活を描く元朝日新聞北支特派員、倉光俊夫《くらみつとしお》の「連絡員」、つづく第十七回は、日本の傀儡《かいらい》政権である「蒙疆《もうきょう》政権」の中心地である張家口で、華北交通張家口鉄路局に勤務していた石塚《いしづか》喜《き》久《く》三《ぞう》の「纏足《てんそく》の頃」が受賞した。文芸評論家の川村湊著『満洲崩壊――「大東亜文学と作家たち』によると、昭和十七年六月五日、「翼賛ノ本旨ヲ体シ吾ガ蒙疆文化精神ノ昂揚ト東亜民族ノ協力一致ノ樹立ヲ目的」に「蒙疆文芸懇話会」が同人誌『蒙疆文学』の発刊記念会を開き、そこには石塚も創刊同人として参加していた。「纏足の頃」は、その『蒙疆文学』の昭和十八年一月号に発表され、蒙古政府弘報局が後援する「蒙疆文学賞」（選考委員・上泉秀信、川端康成、横光利一）の第一回入選作になり、川端、横光が選考委員をする芥川賞をとった。

蒙古人の父親と「支那人」の母親との間に生まれた混血児の娘が、母親から中国人の女性のように無理やり纏足をさせられ、嫌がる姿を描く「纏足の頃」は、蒙古人の悲劇を描いて、今日読むと、独特の味わいがあり、あの時代の圧迫した空気が、叙情味を帯びて伝わってくる佳品である。〈すこし荒削の感じだが、筆に情熱と昂奮があった。詩のような甲高い調子も、作者の一杯な気持の自然に出たものだと思った〉（瀧井孝作）という評価もあったが、蒙疆文学賞でこの作を評価した、肝心の川端康成は〈石塚喜久三氏の「纏足の頃」は、前に「蒙疆文学」

で読んだ時、とにかく内地に紹介したい作品だと考えた。しかし、この作品が芥川賞の問題になるとは予想出来なかった。著しく未成品だからである〉と授賞に消極的であった。「外地文学」の隆盛という機運に乗らなかった川端の姿勢は特筆に値する。それでも最終的に川端は、当選に賛成している。〈ところが結局この作品を推す外なかったのは、今回の候補諸作の貧困のせいである〉。

それでも、戦後の昭和二十三年、受賞作を収録した短篇集『花の海』が大日本雄弁会講談社から出版された際、川端は序文を寄せ、〈終戦後の今日出版されても、さしさわりがなく、価値の変りもそうないということは、私達もよろこびとしなければなるまい〉と書いている。

戦争に敗け、「外地文学」の流行も過去のものになっただけに、川端は、「纏足の頃」と作品本位で向き合うことができたのであろう。序文では、〈石塚君は蒙古人に深い同情をいだき、作品の基調はヒュウマニティであった。／「纏足の頃」が芥川賞に選ばれたのは、必ずしも材題の時好や異趣にのみよることではなかった。あらたまに触れる感動があったからである〉と記していた。

戦時下の文学というと時局に翻弄されてばかりいたというイメージがあるが、人間を大切にする文学の命脈は、細々とながらも保たれていたのである。

次の第十八回（昭和十八年下半期）に受賞した東野《とうの》邊薫《べかおる》「和紙」は、福島の田舎で和紙職人を

東野邊薫

する家庭の、戦時下の出来事を、清冽な筆致で描いた作品で、平成二十六年、講談社文芸文庫から出版された『福島の文学』に再録された。紙漉きの生業も具体的に写し、主人公の弟の出征の間に、恋人との間の子供が生まれるところも含めて、戦時下の一庶民の暮らしが伝わってくる。この作品を当選作として発表した『文藝春秋』三月号の表紙に「撃ちてしやまむ」という戦争のスローガンが印刷されていた武の時代に、このような穏やかに胸の底に触れて来る作品が生まれたことに文学の奥深さを感じる。これを選んだ芥川賞委員の「芸術家気質」も健在だったのである。兵隊三部作でベストセラー作家だった火野葦平もこの回から選考委員に加わり、〈まことにうまい作品〉と評価し、〈出征した兵隊の妻となるべき女を、家の者がいたわり、また、いたわられながら、いろいろ気をつかっている女の気持などがよくあらわれていて、私はときどき涙をもよおした〉と礼賛した。

そして中止へ

第十九回は再び外地文学の受賞、しかも二作同時受賞となった。八木《やぎ》義徳《よしのり》「劉広福《リユウカンフウ》」は満州を舞台に、小尾十三《おびじゆうぞう》「登攀《とうはん》」は朝鮮人学生と日本人教師との関わりを描いた作品で、川端康成は、〈外地の作品を、今回また二篇も選ぶことになったのは、予期しない、しかし必然の結果であったろう。候補作中新文学の萌芽は、やはりこれらの作品にあった〉と記し、佐藤春夫もまた〈この二篇は正しく今日書かれなければならぬ作品を作者がこれ程熱を持って書いたのがまず珍重である〉と同調した。

八木の師匠筋に当たる横光利一が〈一見、乱暴粗雑かと見えるこの手法を選んだ裏の繊細さ、大胆さの、見事に定着した強さが、熱しほとばしり、読者の面を撃って来る〉と評価した「劉広福」は、満州のアセチレン・ガスの工場で働く吃音の大男の満州人・劉広福が、バカにされながらも愚直に献身的に働き、日本人社員から勇者として認められるまでを美しく描く物語。これは「兵隊にとられて死ぬなら、その前に小説を書いて死にたい」と、応召直前に八木が執筆した作品だった。

八木が芥川賞受賞を知ったのは、中国戦線を陸軍二等兵として行軍中である。通知は、軍の移動とともに各地を転々として泥まみれになり、到着したのは八か月遅れだったという。敗戦で抑留され、復員後に空襲で妻子が犠牲になったことを知った八木は、その妻子への思いをつづった「母子鎮魂」をはじめ、「私のソーニャ」「摩周湖」など、自己を追求する私小説を書いた。昭和五十一年に『風祭』で読売文学賞を受けるなど、戦時下に芥川賞を受賞した作家では、芝木好子らとともに戦後も活躍している。

平成三年にエッセイ集『文学の鬼を志望す』を書いた頃の八木は、東京・町田の3Kの公団住まいで、「作家のはしくれとして『小説とは人間という生き物のおもしろさを描くことだ』とバカの一つおぼえのようにやってきた」と、筆者が取材した際に語っていた。

その創作態度もいかにも作家だった。卓袱台のある六畳の居間で執筆し、夜中に書き終えると原稿用紙をトントンとそろえる。隣室で仮眠していた妻は、この音で目を覚ますと、千枚通しで原稿用紙に穴を開け、夫に知られぬよう、一枚、二枚と数え、原稿料を計算した。「これでなんとか今月の家賃も払えるかしら」――。しかし、ほっとするのもつかの間、翌日になって原稿を見ると、推敲に推敲を重ね、原稿が三分の二まで減っていることもあった。「われは蝸牛に似て」という題名の作品もある人らしい作家は、平成十一年、八十八歳で死去した。

戦時下の文学の世界は、言論統制や紙不足による統制のため、雑誌の休廃刊や同人誌の統合が進み、発表できる媒体は限られていた。戦争に駆り出される若者も増え、文学作品が減った。この頃の選考は、文学界へのアンケート調査や文藝春秋社に委嘱する推薦委員会により、芥川賞の参考候補作品を選び、それを宇野浩二、瀧井孝作、川端康成らの予選委員で最終候補作を決め、それを全員で読み、最終選考会を開いていた。

この参考候補作品が第十四回は三十二篇、十五回は二十三篇、十六回は二十六篇、十七回は二十三篇だったが、十八回は十篇、十九回は十三篇に減り、敗戦の年の昭和二十年二月に行われた第二十回ではたった七篇になってしまう。このため第二十回は〈つまらぬ作品の受賞という事は芥川賞の名折れにもなると思って、今回は一度休んでもよいかと思った〉（瀧井孝作）という意見もあったが、俳人でもある清水基吉《しみずもとよし》の「雁立《かりたち》」に決まった。内地を舞台にしたほのかな悲恋小説であり、〈気品にあふれていることが、このごろのようにざわついた空気のなかにあって棄てがたい〉（火野葦平）という評価が、敗色が濃厚になる時代の空気を映していた。

物資の窮乏も深刻で、正賞の時計も入手困難となり、昭和十七年下半期からは、壺や硯箱などの記念品にかわり、清水がもらったのは、濱田庄司《はまだしょうじ》作の鉄絵花瓶である。

清水は戦後、「私の人生にとっての文章」（『潮』昭和五十四年一月号）で〈同人雑誌もだんだん統合されて行って、私が受賞作を書いた頃は『日本青年文学者』という一誌になっていた。小説を書いても発表機関はかぎられ、やがて輩出する優秀な戦後作家たちは、戦争か外地へ行っている時代に、私がノンキに小説などを書いていたのは、たまたま胸を患ってブラブラしていたからだ〉と回想している。

芥川賞は、戦時下に肩身の狭い思いをしていた清水にとって、有り難かったという。それは〈なによりも両親や、近処隣り（マスコミとは関係なし）への言いわけが立った〉からである。ただし、〈生きている国がどうなるか分らず、小説など書いて行かれるとは思わなかったから、作家としての栄光も精神も、なにもなかった〉と書いている。

『文藝春秋』は、この発表号である昭和二十年三月号まで発行し、翌月以降は、空襲の影響もあり、刊行が不能になった。芥川賞もついに中断する。

第3章　純粋文学か、社会派か

松本清張は受賞当時43歳（左）。中央は同時受賞の五味康祐。
右は直木賞を受賞した立野信之

「印象派」という美術史上あまりにも有名な呼称は最初、悪評から生まれたものだった。それは一八七四年、パリのサロン（官展）で入選できなかったモネ、ルノワール、ピサロなど若い画家たちのグループ展を見た美術記者が、「印象主義者たちの展覧会」という批評を書いたことで広まったとされる。モネの「印象・日の出」などをやり玉にあげた記者は、「ただ印象を書いただけではないか」と数々の非難と嘲笑を投げつけ、こき下ろし、かえって彼ら印象派の画家への世間の注目を集めた。

悪評は、眼に映じるままの、光輝く自然を描き出そうとした作家たちの「印象」が際立つ表現を否定したとはいえ、一方で、それは画家たちによる印象重視の筆づかい、色づかいという個性を的確に見出していたといえる。

一九〇五年にパリで開催された展覧会サロン・ドートンヌに出品された、原色を多用した強烈な色彩と、激しいタッチの作品は、批評家から「あたかも野獣の檻の中にいるようだ」と酷評され、後に「野獣」を意味するフランス語で「フォーヴ」から「フォーヴィスム」（野獣派）の命名が定着する。

新しい表現は、それまでの表現に慣れた人から見ると、奇奇怪怪で、悪罵、嘲笑のネタになりがちだが、悪罵が作品の本質を射ることがある。「いい」「すばらしい」という好評が、一体全体どこが具体的に素晴らしいのかがさっぱりわからないことがあるのとは対照的に。

安部公房の出現

講和条約が締結され、日本が独立に向けて歩み出した昭和二十六年上半期、第二十五回芥川賞では、敗戦につづく戦後の混沌から生まれた作品が選ばれた。「壁——S・カルマ氏の犯罪」で、著者は二十七歳の新鋭、安部公房だった。

〈意外だった。／まるで想像もしていなかった。／しかしそれはぼくだけでなく、ほとんどすべての人がそう思ったに相違ない〉

安部は受賞の感想に書いている。「壁」は、まだ無名に近い存在だった安部が、半年ほど、食うや食わずで書いた二百六枚の小説で、当人には自信があったが、方々の雑誌社にもってまわって断られ続け、ようやく『近代文学』に出してもらった相当風変わりなものだったからだ。

選考会でも、強硬な反対意見があった。宇野浩二は、シャミッソオの『影をなくした男』、ゴーゴリの『鼻』と「壁」を比較したうえで、〈『影をなくした男』も『鼻』も、まったく架空の物語でありながら、両方とも、写実的に、まったく写実的に、書かれている〉のに対して、〈『壁』は、おなじような事が書かれてあっても、写実的なところなどは、ほとんど、まったく、ない。一と口にいうと、『壁』は、物ありげに見えて、何にもない、バカげたところさえある小説である〉と酷評している。結果によほど腹が据えかねたのか、捨て台詞まで吐いている。

さて、この銓衡委員会がすんでから、一しょに帰途についた、佐藤春夫が、突然、ナイものからアルものをえらぶのは骨がおれるわ（もちろん、この言葉は、佐藤がいった事を、私の言葉にしたのであるが、）という意味のことを、いった。私はこの佐藤の言葉にまったく同感である。

つまり、極言すると、こんどの芥川賞は、『無』から『有』を無理に生ました、という事になるのである。

これに対し、「壁」を支持したのは戦後、芥川賞選考委員になった舟橋聖一と若い世代の委員である川端康成、瀧井孝作らで、舟橋は、〈難をいえば、二〇六枚は長すぎるのではないか〉と苦言を呈しつつ、好意的に評価している。

「壁」は、新しい観念的な文章に特徴があり、実証精神の否定を構図とする抽象主義の芸術作品である。よく、力を統一して、書きこなしている。また、作者の自由で健康な批評精神が躍如としている点で、新しい小説の典型を示唆している。

川端もまた〈「壁」は冗漫と思えた。また部分によって鋭敏でない〉と注文をつけながらも、この作品の登場に〈今日の必然を感じ〉た、と記している。

しかし、〈新しい観念的な文章に特徴〉といい、〈今日の必然〉といい、その新しさや必然は、今ひとつ鮮明ではない。むしろ新しさというのは、時代の変化によってすぐに色褪せ、今日の必然などというものも、時代の変化によってあっさり否定される。それは敗戦によって国民が目の当たりにしたことで、時代の無常な流れに耐えうる「新しさ」がどこにあるのか、これらの表現では不分明である。

安部公房

むしろ、安部作品を否定した宇野の〈『無』から『有』〉という批評こそ、今日から見れば、「壁」という作品、安部公房という作家に最もふさわしい言葉の勲章だった。ある朝、目を覚ますと、突然自分の名前を喪失してしまい、「無」に近い存在となる青年の孤独な実存体験を描く小説「壁」は、不条理に満ちた夢のような世界で、まさに「ナイものからアルもの」をつくる前衛的な小説であるからだ。安部は自らの文学観を語るエッセイ「消しゴムで書く」で、自己の生活や文学理念など〈過去にさかのぼって、作品の軌跡以外の一切を消し去ってしまえる、極上の消しゴムをつかって書きたかった〉と記している。戦前の東京で生まれ、父の仕事の関係もあり、戦争中は外地の満州で育ち、祖父母は北海道の開拓民という安部は、外地で迎えた終戦で、「故郷」を喪失する。書くことは、生きる条件を探す、不毛と隣り合わせの、苦闘に満ちた生の営みだった。

文芸評論家の本多秋五《ほんだしゅうご》は『物語　戦後文学史』で、戦後に登場した文学の特質の一つとして、いわゆる実存主義的傾向をあげている。それは、〈どんな観念も思想も「便所の落し紙」にすぎない、この自分が生きて行く上の支えとしてたのむに足りないと覚る、絶体絶命の窮地に立たされる体験〉を経て、〈曠野のまんなかにただ一人裸かで投げ出されている自分を見出し、どんな真理も真理でない、自我という針の目をくぐらぬかぎり、それは人間的真理にならない、と覚る〉傾向である。敗戦を外地で迎え、戦後に小説を書き始めた安部は、まさにこうした時代の子であった。そして、芥川賞受賞で「無名」から「有名」の世界に押し出された安部は、『文學界』昭和三十四年三月号のエッセイ「あの朝の記憶」で、当時のことを、〈既成の芸術観をこわしながら、しかも芸術でしかやれないものだけを〉やると考えて「壁」を書いたと回想している。平成三年六月に筆者がインタビューした際にも「ナンセンスの情熱みたいなものにとりつかれて書いてきた」「〈小説の狙いなんて〉自分でも分からないんだよ。ほんとに。でもそれが小説を書く楽しみっていえば、楽しみだよ」と語っていた。

戦後、作家ではいち早くワープロを使って小説を書いた安部は、「砂の女」「箱男」などで世界的にも評価された。ノーベル文学賞を決めるスウェーデン・アカデミーの委員長は、「（安部公房は）急死しなければ、ノーベル文学賞を受けていたでしょう。非常に、非常に近かった」と平成二十四年、読売新聞の取材で証言している。

大江健三郎（左）と開高健（右）

「第三の新人」の受難

戦後を代表する作家、安部公房を認めた芥川賞は、その後、「太陽の季節」の石原慎太郎、開高健、大江健三郎ら有力な新人を世に送る。第三十八回で、まだ東京大学在学生だった大江の「死者の奢り」と争い、「裸の王様」で受賞した開高は〈着想の新しさ、粘りのある腰、底にある批評精神など、作者の資性の長所がはっきりでた小説〉（中村光夫）と評価され、「輝ける闇」「夏の闇」「花終る闇（未完）」の「闇」三部作や「ベトナム戦記」などルポルタージュ、「オーパ！」など紀行文など幅広いジャンルで活躍する。そして、この回で、〈いい意味のデカダンスがあり〉〈この程度の病的感覚をもつエネルギーこそ、やや飽和状態にある近代文学の頂点を、更にもう一つ知的な頂点へ前進させるための推進力となる〉（舟橋聖一）と、その才能、資質が評価されながら一票差の多数決で落選した大江も、次の三十九回で当選する。この時、すでに大江は流行作家になっており、「芥川賞の必要もない」という意見まで出たほどだった。

大江もまた戦後民主主義世代の代表選手として、思想性と抒情性を帯びた作品を発表し、日本人としては二人目のノーベル文学賞を平成六年に受けた。

これに対して、安部公房と石原慎太郎、大江、開高という戦後のスターの間にはさまれて登場した「第三の新人」たちにとって芥川賞の選考は、受難の季節だった。そもそも「第三の新人」というのは、戦後に生まれ、戦争と政治、文学を正面から見すえた第一次戦後派の野間宏《のまひろし》、埴谷雄高《はにやゆたか》、椎名麟三《しいなりんぞう》、そして大岡昇平、安部公房、三島由紀夫ら第二次戦後派につづく、三番手の新人という意味合いで、小市民的で思想がないと批判されるマイナー・ポエットだった。

安岡章太郎、吉行淳之介、小島信夫、庄野潤三らの文学の特質を、評論家の服部達《はっとりたつ》は「劣等生・小不具者・そして市民――第三の新人から第四の新人へ」でこう書いている。

> 外部の世界も、高遠かつ絶対なる思想も、おのれのうちの気分の高揚も信じないこと。おのれが優等生でなく、おのれの自我が平凡であり卑小であることを認めること。しかも、大方の私小説作家のように、深刻ぶった、思いつめた顔つきをしないこと。

安岡は三浪のすえ、慶應大学予科に進学し、軍隊では落第生、吉行も旧制高校時代、軍国主義に染まりつつある空気になじめず、東京帝国大学を中退している。彼らは、おのれの周りの小さな世界を彫り込む作風が特徴なだけに、ブルドーザーで世界を掘り起こすような作風の第一次戦後派から見ると、世界が小さく、若い頃の評価はあまり高いとは言えなかった。

安部公房、石原慎太郎、開高健は一度目の候補で、大江は二度目の候補で芥川賞を受けているのに対して、「第三の新人」の彼らの大半は四回目の候補でようやく芥川賞を受けている。それだけ評価が定まらなかったのである。

芥川賞作家・松本清張

昭和二十八年二月一日、ＮＨＫは東京地区でテレビの本放送をスタートした。一日約四時間、契約数は八百六十六だったとはいえ、日本は復興に向けて確かな足取りを示していた。この年はじめ行われた第二十八回の候補作は「第三の新人」のメンバーが多く顔をそろえた。この回の候補者には、村上春樹が『若い読者のための短編小説案内』で〈僕はいぜんから長谷川四郎の短編小説が好きで、けっこう手にとって読んでいたんです〉という作家、長谷川四郎も入っており、芥川賞史上でも、まれに見る豪華な顔ぶれだった（巻末「芥川賞候補作一覧」参照）。

事前の観測では、候補になるのは共に三回目だった「第三の新人」安岡と吉行の二人が有力視されていたらしい。その当時のことを後に芥川賞選考委員になった吉行が、第七十二回の選評で書いている。

芥川賞の予想ほどアテにならないものはない。私自身についていえば、二十数年前、三回目の候補になったとき、「今回は安岡・吉行の二作授賞間違いなし」という予想がつたわってきた。私もその気になって、「間もなく賞金が入るから」と友人と飲み歩いたら、落選して借金に苦しんだ。因みにその時の授賞者は、松本清張・五味康祐両氏であった。

「第三の新人」のように、小さな世界に居場所を探す作風とは二人は異質だった。五味の小説は、大衆小説の面白味もある剣豪小説で、その筆さばきも〈練達な筆致が群を抜いて恰も幻雲斎の剣を思わせるものがある〉(佐藤春夫)と評価された。森鷗外の「小倉日記」の謎を追う清張の小説は、最初は直木賞のほうで予選通過していたが、選考委員の永井龍男がこれは芥川賞で検討されるべきと動議、急遽、芥川賞に回された異色の候補作だった。いずれも初のノミネートであり、選考委員には新鮮に映った。「喪神」と「或る『小倉日記』伝」を推した佐藤春夫の選評は、小さな世界を描く「第三の新人」らの作品を「文壇的小説」と指摘し、そうした単色になりすぎた文学の世界には、新しい文学の輸血が必要と記している。

あまり単色になりすぎた文壇的小説に対する輸血として「喪神」を推そうとする自分は同じ意味で「或る『小倉日記』伝」を認めた。

五味は、この後、「柳生武芸帳」で剣豪小説ブームを巻き起こし、変幻自在、融通無碍な表現で人気を博してゆく。〝輸血〟の効果は、純文学の枠をはるかに超え、多大だった。

坂口安吾の松本清張評〈この文章は実は殺人犯人をも追跡しうる自在な力〉があるとの表現も、推理小説界での清張の活躍を予見した慧眼として今日でも語り草になっている。

清張は「点と線」や「ゼロの焦点」で社会派推理小説の旗手となり、まさに「殺人犯人をも追跡」する作家になってゆく。そして、「日本の黒い霧」「昭和史発掘」など膨大な作品を発表し、純文学、大衆文学、ノンフィクションの枠を超えた活動で大きな足跡を残す作家となった。

坂口安吾と石川達三の激突

未来において純文学を揺さぶることになる清張らの出現を前に、「第三の新人」たちは冴えなかった。

昭和二十八年、第二十九回で安岡章太郎は当時では最多の四回目の候補にしてようやく芥川賞を受賞するが、厳しい反対意見にもさらされた。

石川達三は〈安岡君の二つの作品は特に問題にはなるまいと思っていた。それが当選ときまったのは意外であった。反対した私は責任上、翌日になって、も一度読んで見たが、やはり納得できない気がした〉としたうえで、理由を克明に述べている。

「陰気な愉しみ」は感覚だけの作品と云ってもいい。それが、末梢神経だけの感覚であって、それだけで終っている。（中略）前作「愛玩」についても言えることだと思うが、この作者の作品は、描写が地べたを這っている。どこまで這って行っても、平たいのだ。そこから昇華してくるものがない。従って、読者の心に訴える感銘はうすい。それが最大の欠点だと思う。この種の作品を推奨することは、純文学を面白くないものにしてしまう危険がありはしないだろうか。

これに対して、安岡作品を絶賛した坂口安吾の選評は、小市民の暮らしをユーモアと哀切を込めて描く作家へ捧げるにふさわしい言葉であった。

独特の観察とチミツな文章でもっている作風であるから、流行作家には不適格かも知れないが、それだけに熱心な愛読者には本がすりきれるほど読まれるような人だ。その点で、井伏鱒二や太宰治に似ている（中略）「陰気な愉しみ」と「悪い仲間」は氏の作品のうちで出色のものとは思わないが（過去にもっと傑れたのが二三あった）この作家はいかにも芥川賞の作品でございというような物々しい大作には縁遠い人なのだから、このような独特な作家の場合は一作について云々すべきではない。一冊の本にまとまり、ある人々に熱烈に愛読されれば足りるので、それが芸術の本当の在り方ではないか。月評氏の批評の在り方と相容れなくとも、芸術とはある人々に本当に愛さるるに足れば充分だ。実に淋しい小説だ。せつない小説である。しかし、可憐な、愛すべき小説である。

「芸術とはある人々に本当に愛さるるに足れば充分だ」という坂口の意見と、「純文学を面白くないものにしてしまう危険がありはしないだろうか」という石川の意見は、純粋文学か、社会派かという文学観の対立であった。石川は、該当作なしだった昭和四十三年下半期の第六十回芥川賞の選評でも、社会性のある作品を次々世に問うていく清張の名前もあげながら、小粒にまとまりがちな純文学の新人の作品をこう慨嘆している。

候補作品九篇を読み通して、私は損をしたような気がした。心に残るもの、心を打たれるもの、全く何も無い。こんな小説ばかり書いていて、何が新人だ……と思った。こんな新人なら一人も居なくてもいい。小説なんか無くなっても構わない、といいたい程の怒りを感じた。

この九人の作家たちは、一体何を目標にして小説を書こうとしたのか。自分の生涯を賭けて文学をやろうというからには、多少は人に誇るべき目標がなくてはなるまい。ただ日常身辺の瑣事を表から裏から描写するばかりで、一生そんな仕事に没頭して、それで作家の任務が終るとでも思っているのだろうか。候補作九篇を通じて、自分自身に対する闘いの姿も、社会に対する闘いの姿も、まるで見られなかった。私はなにも問題小説とか社会小説とかいうものを要求してるのではない。しかし現代に生きていて、現代のあらゆる激烈な事象にとりまかれて居りながら、この世界の中から、たったこれだけの主題しかつかみ出すことが出来なかったという、この青年作家たちの精神の衰弱を、むしろ不思議なものに感じた。それとも彼等は徹底的に怠惰で事なかれ主義の作家であるのだろうか。

いわゆる純文学を志す青年たちは、大衆小説と言えば一概に軽蔑する風がある。しかし大佛次郎、松本清張、海音寺潮五郎、司馬遼太郎等は層々として巨大な主題と闘いつつあり、その作品は書かれたことにも意味があるし、読むことにも意義がある。むしろ純文学の精神は純文学の作家に於て失われつつあり、大衆作家の側によって受け継がれつつある。私はこの事を痛感する。これらの候補作品も（創作）かもしれない。しかしその創造精神の何というけち臭いことか。

小さくても確かな芸術世界をつくるか、創造精神の逞しい巨大な主題と向き合うか。自らも社会的な作品を発表し、ベストセラー作家だった石川には、芸術的な作品は、日常の些事ばかりを描くものとしか映らなかったが、「第三の新人」たちには言い分があった。安岡に次いで、第三十一回で「驟雨」他で四回目にしてようやく受賞した吉行淳之介は、エッセイ「『驟雨』とその周辺」で、選考委員の文学観に物申している。奇しくも、批判の相手になっているのは、「驟雨」に×をつけた選考委員の石川達三であり、その文学観を否定するものであった。

吉行淳之介

当時の芥川賞の選評は、原稿到着順に掲載になったので、石川委員のものが一番はじめに載っている。そのなかに、『この当選作について世評は芳しくあるまいと想像する』という一節があり、これは見事に当った。しかし、それにつづく、『もしも世評がこの作品を認めないとすると、それは銓衡委員会と読書界とのずれであるという事になる』という一節は石川氏の文学観を語っていて、それには私はまったく同意できない。世評がよい作品がすなわち良い作品という考えをもっているくらいなら、最初からこの仕事に首を突っこみはしない。

吉行には純粋小説を目指すマイナー・ポエットの矜持があった。受賞作「驟雨」の単行本は、初版五千部で増刷されなかった。それでも吉行は、「鳥獣蟲魚《ちょうじゅうちゅうぎょ》」「寝台の舟」などすぐれた短篇や「星と月は天の穴」「暗室」など上質な文体で性と人間の深淵をえぐりとり、安岡とともに長年、芥川賞選考委員を務め、文学史に確実な位置を占めている。

吉行は筆者が平成四年四月にインタビューした際、「なんか本を開くと『第三の新人』の悪口が書いてある。だいたい『三』という数字は三等重役とか、三等車とか悪いムードの言葉でしょ。愉快じゃなかったね」と回想しつつ、「今はどっちでもないけど」とつづけた。

政治や戦後思想などという大きな言葉でなく、「私」という自分への関心だけでもなく、「性」という入り口から人間を見つめる「第三の道」で新しい文学をつくってきた自信が、その言葉から窺うことができた。

「大根役者が名優になる」

第三十二回も「第三の新人」の作家がつづき、「アメリカン・スクール」の小島信夫、「プールサイド小景」の庄野潤三の二作に決まったが、ここでも石川は〈力量のある人たちだが、正面を外して側面から対象を描いている〉と厳しかった。この回は、宇野浩二の選評によると、めずらしく〈三時間ちかく口論〉し、論議を尽くしてから、四回目のベテラン候補であり、新進作家として活躍している二人に賞を出すことを決めた。川端康成の選評には、〈小島氏、庄野氏には、まあまあ長いこと御迷惑かけましたと、芥川賞を卒業してもらうような気持である〉とあった。

小島信夫（左）、庄野潤三（右）

二回目の候補になった「流木」で落選した際、庄野潤三は、宇野浩二から、印象に残る選評を書かれている。

平明な文章で平凡な小説を根気よく書きつづけてゆけば、この作者は、大根役者が名優になるように、すぐれた作家になるであろう、いや、なるにちがいない。（六代目菊五郎も大根役者であった、先代市村羽左衛門も大根役者であった、先代市川左團次も大根役者であった、）そうして、庄野潤三も、……という事になってほしいものである。

身の回りの世界を繰り返し描き、特異な世界を築くことになる庄野に対する、励ましに満ちた予言であった。「第三の新人」は、いささか蔑称気味の命名だったが、それは選評を見る限り、彼らのささやかな世界に秘められた奥深さを、確実に表現していたのだ。

ここで余談だが、この回につづき、遠藤周作の「白い人」が受賞した第三十三回は、読売新聞が昭和三十年八月十八日付朝刊の「中間小説評」で、「小説よりおもしろい」と選評自体を話題に取り上げている。積極的に支持したのは、石川達三、佐藤春夫、井上靖の三人で、反対は、宇野浩二と舟橋聖一。中間派で消極支持は川端康成と丹羽文雄、瀧井孝作で、川端は最終的には〈「白い人」に見せた新しい道を、この人の批評精神によって、今後開拓し発展させてゆくなら、もう芥川賞などを超えた収穫であろう〉との評価もあり、一度目の候補で遠藤が当選した。これに不満だった舟橋は、選評で選考経過を暴露し、〈一時はナシにきまりかけたが、司会者の運びのうまさ（これは名人芸に値した）につりこまれて、やはり授賞作となった〉と記した。よほど司会の手腕は際立っていたのだろう。宇野もまた〈結局、芥川賞の係りの人が、（一時は「今回こそ該当作なし」と大方きまりかかったのに、）粘りに粘ったために、この『白い人』

が賞ときまってしまった〉と記し、最後には、この粘り強さのあった〈あの係りの人を、日本文學振興會から、大大的に表彰すべきであろう〉とまで記していた。

吉村昭の悲運と幸運

芥川賞の候補に何度もなるというのは、あまり気分のいいものではないらしい。受かればいいものの、外れれば期待した分、悔しい、せつない、苦しい。後からきた新人がとれば置いてきぼりを食ったような気分にもなる。吉行は、受賞の感想にこう書いている。

この賞の候補になったのは今度で四度目のことで、こうなると芥川賞というものは、一年に二回定期的にいやがらせをしに訪れてきて、神経を疲労させる厄介な知人のような気がしてくるものだ。今回、幸運にも、この知人との関係が清算されたので、吻っとした。

第四十回から四十七回までに四回候補になり、四回落ち、三回目に候補になった際には、一度は主催者である日本文学振興会から「当選」の通知を受けながら、落選するという悲運にあった作家がいる。第五十三回で「玩具」で芥川賞を取った津村節子の夫である吉村昭である。

一度は当選と知らされた候補作「透明標本」は、第四十六回の候補作で、佐藤春夫から〈神経の行きとどいた明快な文体とこの特異な取材との必然性を見て、これをホンモノと思い〉と評価され、丹羽文雄からも〈この小説はよけいなことは一切書いていない。人間関係をあざやかに描いている〉と芸術的な完成度を高く評価された。

しかし、宇能鴻一郎《うのこういちろう》の「鯨神《くじらがみ》」を推す委員と、吉村作品を推す委員が対立したまま二時間経っても埒があかず、二作に内定という空気が流れ、窮余の策として、欠席の井伏鱒二委員に電話をかけて意見を聞くことになった。

ここで手違いがあった。事務局は、この段階で、吉村の自宅に電話し、「選考会の空気としては、該当作なし、という意見もありましたが、両作品の同時受賞ときまりました。記者の共同インタビューがありますが、車でそちらにお迎えに行く時間がありませんので、すぐに社においでいただけませんか」との連絡をした。

妻に見送られ、銀座にあった文藝春秋の入り口に、次兄の車で行った吉村は、すぐに異変に気付いた。入り口を入ったところにいた新聞記者らしい男に、痛々しいものを見るような表情が浮かんでいたからだ。案の定、事務の男性から聞かされた言葉は、「御自宅に再び電話をおかけしたのですが、すでに出てしまわれた後で……」。

欠席の井伏委員が、宇能を推すと表明したため、受賞は宇能一作に決まっていたのだ。

〈吉村昭君の場合は、私達と共通の場でその将来性が考えられるが、宇能君はどんな風になっていくのか、私達とあんまり縁のないところへとび出していくような気がする〉と丹羽文雄に予言された宇能は、その言葉通り、「あたし〜なんです」など独特の文章で官能小説を書く大家になった。

後年、筆者が取材した折、吉村は、「朝起きると、幸せだなあ、と思います。手術後は、健康にも恵まれ、芥川賞にも四回落っこちてくれた。もし、受賞していたら、全然違う作家になっていたと思います」と語っている。落選し、記録文学に転身したことは、吉村にとって、そして日本の文学の発展においても、まことに幸運だった。

面白すぎて落選した渡辺淳一

後に直木賞を取り、全集が出るほど人気作家になった立原正秋《たちはらまさあき》と渡辺淳一の二人も芥川賞を逃している。柴田翔「されどわれらが日々――」が受賞作になった第五十一回で、「薪能」が候補になった立原の場合、かなり惜しいところまでいった。石川達三が〈尖鋭なきらめくような表現があちこちにあって、この作者の才能は充分に示されている（中略）主人公の女性をこれだけに描けるというのは凡手でない〉と評したように、闇夜を炎々と輝らす篝火《かがりび》のように激しく燃え上がり、消えてゆく人妻と従弟との愛と死を描いた小説のうまさを、多くの選考委員が認めていた。永井龍男も〈「薪能」は達者なもので、すでに一家をなしている感がある。小説の味に堪能な人なのであろう〉と力量を認めた。

しかし、うますぎると、芥川賞では新人らしいと認められない。皮肉なことだった。高見順の選評〈立原正秋「薪能」はすでに職業作家と思わせるうまさだ。非のうちどころのないほどのうまさが、かえって新人のみずみずしさから遠ざけているうらみがある〉が、それを象徴していた。

立原は、津村節子の「玩具」が受賞作になった第五十三回でも「剣ヶ崎」が候補になり、石川から〈戦争にからむ人種問題という大きな主題を懸命になって追究した作者の努力を、私は文学の正道だと思う〉と評価されたが、再び及ばなかった。

強く否定したのは、瀧井孝作で〈韓国人と日本人との混血児という主人公の生い立ち、その家族のことも、戦前・戦中・戦後と、いろいろ描いてあるが、大上段に振りかぶったような筆で、ちょっと芝居じみて、通俗小説のようで、素直にはいれなかった〉とした。新しさを求める芥川賞は、通俗には点が辛い。

〈立原氏は、物語をつくる力量においては一番すぐれていて、日韓の混血児という大きな問題にとりくんでいますが、作品の野心的な拡がりに比して、細部が薄手で力の空転が惜しまれます〉と、いつもの「です・ます」調で疑問を投げかけた中村光夫は、受賞作の「玩具」に対して、これとは好対照の観点から作品を評価している。

〈津村氏の「玩具」は、扱われた世界が狭く、盆栽のような気がしますが、作品の底をながれる感情のこまやかさと明晰な理智は珍重すべきで、文学臭い題材からこれだけ匂いを抜いたのも一筋縄で行かぬ作者の手腕でしょう〉

ここでも、大きな社会的問題を扱う物語小説と「盆栽」のような文学の評価の優劣が問われたのだ。

立原は、落選後、『週刊新潮』に「鎌倉夫人」の連載を開始、友人で文学の後輩の高井有一に「自分は週刊誌に書く事にしたから賞とは縁がなくなったが、君は芥川賞をめざして頑張れ」と手紙を送った。その言葉通り、立原はその後、芥川賞の候補になることなく、第五十五回直木賞を「白い罌粟《けし》」で受けた。〈立原氏は創る小説の旗手〉（水上勉）、〈この人は近来にないストーリーテラー〉（松本清張）という評者の期待通り、立原は流行作家になっていった。そして、立原から小説のアドバイスをうけていた高井有一が「北の河」で、津村の受賞につづく第五十四回芥川賞を受けた。

この回で、候補になっていたのが渡辺淳一である。舟橋聖一が〈渡辺淳一の「死化粧」が面白かった。実母の頭蓋骨の中の小脳橋角腫瘍の手術に立会った医師を軸として、周囲の非医学的な立場との対立に主題を求めた作品だ〉と評価しながらも、〈作者は札幌の整肢学院医療課勤務で、整形外科を専攻しているそうだから、この種の難病のほんとうの臨床家ではないかも知れぬ。そこがこの作にもう一息の迫力が欠けている理由だろう〉と留保して、一歩及ばなかった。それでも川端康成が〈渡辺淳一氏の「死化粧」は刺戟の強い作品であった。一種のテエマ小説とも思える。脳の手術など詳細に書き過ぎのようであるし、全体に刺戟を鎮めて書かれてあれば、落ちついて訴える作品になっただろうと惜しまれる〉と記している。

このため渡辺には、この直後から『文學界』や『文藝』など純文学の文芸誌から注文が相次ぎ、「霙」「訪れ」を書いたが、候補になったのはいずれも直木賞だった。そのせいか『小説新潮』や『オール讀物』など、いわゆる中間小説誌からも原稿の依頼が舞い込むようになった。昭和五十六年七月発行の『渡辺淳一作品集』第二十一巻の「月報」のエッセイ「伊藤整先生のこと」で、渡辺は当時のことを回想している。

そのころ一部には、この種の雑誌（中間小説誌、筆者注）に書くと、作家として駄目になる、というような、純文学過信とでもいうべき風潮があった。

私は怯《ひる》んで、いろいろな人に相談してみたが、ほとんどの人が、書くべきではない、という意見であった。

だがそのなかでただ一人、きっぱりと「書かせてもらいなさい」といわれたのが伊藤さんだった。

伊藤さんの理由は明快であった。（中略）

「純文学だ大衆文学だなんて拘泥《こだわ》っているうちに、君自体が消えてしまうかもしれないよ。僕はそういう人を沢山みている。いまはとにかく、書かせてくれるところから書いていきなさい。それに中間小説なんていうけど、あの種の雑誌は、そうそう簡単にのせてはくれないぞ」

そしてさらに、

「作家としてでも、ある程度、有名にならなければいけません。もし君がいろいろ書きたいものがあるなら、有名になって力をえてから書けばいい。まずいまは、書ける場があれば書いて生き残ることです」

そんなことを、伊藤さんは例の眼鏡の奥の柔和な眼差しで、淡々といわれる。

昭和四十五年上半期、渡辺は「光と影」で、結城昌治の「軍旗はためく下に」と同時に第六十三回直木賞を受けた。選評で、司馬遼太郎をして〈感服した〉と言わしめ『ひとひらの雪』『失楽園』など新しい情痴文学を開拓し、数々のベストセラーを残した渡辺淳一は、長年直木賞選考委員も務め、平成二十六年、八十歳で死去した。

立原、渡辺だけではない。「火宅の人」の檀一雄、『眠狂四郎』シリーズの柴田錬三郎、戦記文学の伊藤桂一、「天皇の料理番」など評伝文学で定評のある杉森久英や和田芳恵、佐藤愛子、山田詠美、車谷長吉《くるまたにちょうきつ》……、芥川賞に落ちて直木賞を受賞した作家には、人気作家や実力派が多い。

芥川賞作家で、直木賞の選考委員になったのは中山義秀、松本清張、田辺聖子、直木賞作家で芥川賞委員に就いたのは井伏鱒二、水上勉《みずかみつとむ》、山田詠美。純文学の芥川賞と大衆文芸の直木賞は、相互に輸血しあい、競り合いながら、新しい文学をつくってきた。

三島由紀夫が「オキナワ」の作品に猛反対した理由

戦後の二十三歳の時に発表した「仮面の告白」で一躍、注目された三島由紀夫は、戦後が生んだスター作家の道を歩むが、芥川賞を受けていない。坂口安吾の選評によれば、昭和二十四年の再開後は「三島までの作家は、芥川賞の対象とはしない」ことが選考会で申し合わされたからだ。『潮騒』がベストセラーになり、『金閣寺』で読売文学賞を受けるなど、天才作家の名をほしいままにした三島が文壇に登場したのは、終戦直後の昭和二十一年に書いた短篇「煙草」を川端康成が読み、雑誌『人間』に発表されたことがきっかけだった。

この川端と三島という師弟の作家が、第五十七回の芥川賞選考会で対立した。受賞作の大城《おおしろ》立裕《たつひろ》「カクテル・パーティー」の評価は、川端〇、三島×だった。沖縄の米軍基地内で催される国際親善の「パーティー」を舞台にした作品で、主人公の一人娘が米兵に強姦される事件をきっかけに、沖縄人と内地の日本人、中国人、アメリカ人の複雑に錯綜した過去と戦争、戦後の問題が暴かれていく。まだ日本に復帰する以前の沖縄が舞台であり、話題性は十分。大岡昇平が〈沖縄の日常生活の底に潜む緊張を浮かび上がらせた作者の手腕は非凡〉と評価するなど、好評をもって受け入れられた。〈賞が遠い沖縄に飛んだことは面白い。文学は東京文壇中心なということは無い〉（石川達三）という発言もあり、「芥川賞海を渡る」とマスコミでも騒がれた。

川端は、迷うことなく推している。

「カクテル・パーティー」は問題の図式に乗ったような構成だが、その計算に感情が通り、しかも抑制で強まっている。（中略）ただ沖縄での問題というにとどまらない広がりが、この作品から感じられるのは成功である。

そして、「これはつけたりだが」としつつ、〈沖縄の人が「本土」で、なにかいいことが一つでもあればいいと願っている私は、大城氏の授賞がよろこばしい。ほかの銓衡委員たちもそうであろう〉と書いている。

だが、三島の選評は、ほぼ全文をあげて、この作品批判に費やした。

今度は該当作なしと勝手に決めて審査会に出たので、気勢の上らぬこと夥《おびただ》しかった。この中から一体どれを選ぶのだろう、と無責任な気持でいる目の前で、スルスルと「カクテル・パーティー」に決ってしまったので、狐につままれたようだった。

他の審査委員は褒めるだろうから、私は「カクテル・パーティー」の欠点をはっきりと述べておく。劇的によく組み立てられている小説ではあるが、「広場の孤独」以来の常套で、主人公が良心的で反省的でまじめで被害者で……というキャラクタリゼーションが気に入らぬ。このことが作品の説得力を弱めている、（中略）この主人公の内側には、或るステレオタイプの貧寒な良心がうかがわれるだけなのだ。

三島の選評に出てくる「広場の孤独」とは、第二十六回芥川賞を受けた堀田善衞《ほったよしえ》の作品である。朝鮮戦争勃発の報道に衝撃を受け、日本脱出を夢見る男の孤独な姿を描いた作品は、新しい時代感覚、国際政治感覚が注目され、選考会の出席者のほとんどが第一に推している。どう書くかという芸術的な観点よりも、何を書くかという社会的なテーマ性、作者のモチーフの強さを重視する石川達三の評価は、とりわけ高かった。評価は端的であった。〈この作品は他の候補作にくらべて、格段に新しい。それが小手先の技巧的な新しさでなく、時代を感ずる皮膚の鋭敏さであることを私は良いと思った〉。

この時も坂口安吾という反対者はいたが、選考会には欠席していたので、賞は揺るがなかった。だが、選評での坂口の批判は痛烈だった。

第37回選考会

「広場の孤独」は甚だ好評を得た作品のようですが、私は感心しませんでした。

日本の左翼文学がそうであったと同じように、自分の側でない者に対する感情的で軽々しいきめつけ方は、特に感心できません。つまり、この作者が人間全体に対している心構えの低さ、思想の根の浅さ、低さだろうと思います。文学はいつもただ「人間」の側に立つべきで、特定の誰の側に立つべき物でもありません。

作品の読みは、いろいろではあるが、社会性の強い作品は、しばしばものの見方が類型的という批判を浴びやすい。

ちなみに「風の谷のナウシカ」などで知られるアニメーションの監督、宮崎駿は、堀田の受賞作「広場の孤独」と「漢奸」を二十歳過ぎに読んだ時の思い出を、平成二十年十月に県立神奈川近代文学館で開かれた特別展「堀田善衞展　スタジオジブリが描く乱世。」での講演と、その後に行われ、筆者も参加した囲み取材で語っている。

「僕自身かろうじて敗戦や朝鮮戦争を体験し、『日本は何とおろかなことをしたのか』と屈辱を感じていた時に、『広場の孤独』から『この日本にとどまって生きなければならない』というメッセージを受け取った。『正しいと思うことをやっているからいいんだ』ということではない。自分は何に突き動かされているのか、突き動かしているものは本当にいいものなのか。そういうことを考えていかなければならないと痛感したのが、『漢奸』だった」

「ヒロシマ」作品をめぐって紛糾

大城の「カクテル・パーティー」もまた、三島によってステレオタイプなところが糾弾されたのだったが、長崎原爆の被災体験を描き、第七十三回芥川賞を受けた林京子の「祭りの場」も同様だった。爆心地から一・三キロ離れた地点にある学徒動員した兵器工場での被災体験を、祈りを込めて描いた作品のもつ社会性と、個人の体験の痛切さが評価されたが、文章の細部などディテールが問題視され、僅差での受賞だった。「感動が圧倒的」（井上靖）との意見を持つ者と、読者に生の感動は与えるものの、〈奇妙な言葉づかいから、意味の不明な文脈まで、技法上の未熟はいたるところに指摘でき、一個の芸術作品と見れば、小説以前の小説です〉（中村光夫）という見方が対立した。

瀧井孝作は、文章の混乱も含めて高い評価を与えている。

私は読みながら、むごたらしさに、あわれさに、涙が出てきた。何よりも、筆が冴えて、いきいきして、惹きこまれた。私は感心して、ヒイキ目か、妙に新鮮な作品とみた。いろいろのことが混乱して、わかりにくい箇所もあるが、これも実感の表現とみた。当時の視点をもとにして、後の月日の視点も入りまじった、自由な表現も自然とみた。

文章で作品をつくることに力を注いできた「第三の新人」の選考委員の評価は厳しかった。吉行淳之介は〈しっかりした文章で感心したが、各節のおわりに必ず捨てゼリフのような数行があり、そこに三十年の時の流れを感じさせて面白いのだが、その部分の発想が不統一で、戦争体験に十分モトデをかけたかどうか疑わしくなるところがある〉と記している。安岡にいたっては、かなり厳しい。〈授賞作「祭りの場」（林京子）は私には、事実としての感動は重く大きかったが、それが文学の感動にはならなかった〉。

受賞会見で「このテーマを、これからも深く掘り下げていきたいと思います」と語った林は、その後も原爆体験を深化させ、「長い時間をかけた人間の経験」を発表、野間文芸賞を受けている。

かくして、社会性のある大きな柄の作品は、きめこまやかでない表現が叩かれ、芸術派の文章の細やかな作品は、その作品の小粒性が嘆かれる。文学をめぐる永遠のテーマが芥川賞選評にはいつも横たわっている。

第４章　女性作家たちの時代

2004年、受賞決定直後の綿矢りさ（当時19歳、左）と
金原ひとみ（当時20歳、右）。史上最年少受賞作家の誕生だった

現実の女というものは

女性作家たちが親交をあたため、〈たがいの作品批判や文芸上の研鑽に備えたい〉と「女流文学者会」が発足したのは、芥川賞が創設された翌年の昭和十一年十一月だった。会員には、平林たい子、中里恒子《なかざとつねこ》、網野《あみの》菊《きく》、壺井栄《つぼいさかえ》、村岡花子らが集った。

吉屋信子が、むかしからの親しい友人、宇野千代に話をすると、彼女は爪紅の目立つ指を口元に当てて一笑したという。

「女ばかり集まって何が面白いのよ。つまンないわ」

作家の尾崎士郎、画家の東郷青児、作家の北原武夫らとの恋に生き「色ざんげ」などの小説を残した作家らしいエピソードだが、入会後は有力な助力者になったという。「放浪記」で一世を風靡した林芙美子は、吉屋からの相談に、たちどころにポンと両手を叩いて大乗り気を見せた。

「大いに盛大につくっちゃいましょうよ。男の作家はそれぞれのグループで飲んだり議論したり愉しくやってるもの、わたしたちもそれしなくちゃあ。わたしも何か一役受けもって働きますよ。そして会の機関誌も出したいなあ、勝手なこと言いたいこと書き散らすのいいわねえ」

昭和のはじめのプロレタリア文学台頭は、男女平等の精神から平林たい子、中條百合子、佐多稲子ら女性作家を次々と輩出し、宇野や林らも活躍したが、男性作家に比べれば、その数は微々たるものだった。「子育てをし、台所をあずかるのが女性」というのが当然だった頃である。女性の作家による作品の発表も少なく、芥川賞選考委員は全員が男性。この時期に誕生したのが「女流文学者会」で、冒頭のエピソードは、『女流文学者会・記録』（中央公論新社）に収録された吉屋のエッセイ「女流文学者会挿話」によっている。

昭和十年上半期から十九年下半期までの戦前・戦中期、芥川賞は計二十回行われているが、ちょうど半数の十回は候補者全員が男性のみだった。そして、この期間受賞者二十一人中、女性は第八回の中里恒子「乗合馬車」と第十四回の芝木好子「青果の市」のわずか二人にすぎない。

後のことであるが、昭和三十五年の『群像』五月号の座談会「女流作家」（出席者・佐多稲子、円地文子《えんちふみこ》、曾野綾子、平林たい子）で、佐多は、いつの時期かははっきりとしない記憶としつつ、「進歩的な立場にいる批評家でも、だれそれさんはもう女流作家という範ちゅうから抜けている、という論をなすったことがあって、そうなれば女流作家というのは、一般の作家の中で一段低く見られていることになるのだなと、私はハッとしたんですけど」とし、円地もまた、「女流作家というものの世間での扱われ方が男の作家とはちがいます」と語っている。

当然のことながら、選考委員の男目線の論評は、女性に不利だったと推量は成り立つが、芥川賞の選評を見る限り、女流であることが不利に働いているようにはあまり思えない。それは意外でもあり、文学の世界だから当然でもある。

もちろん、男の委員ばかりだから、女性を見る視点には一定の偏りはあった。女性で最初に芥川賞を受けた第八回の中里恒子「乗合馬車」の選評を読めば、それは明らかだ。国際結婚した自身の兄がいた中里のこの作品は、排外主義、国粋主義の風潮が強まる戦前に、日本人妻となった外国人女性の憂愁を描いたもので、瀧井孝作は〈女性らしい繊細な心持が美しく見事に描かれて、人々の心持でも、風景でもその明るみも影もなかなかうまく、上品な絵のような所もあった〉と評している。ただ「繊細な心持」といえばよい部分で、あえて「女性らしい繊細な心持」と表現している所に、女性＝繊細という見方が露呈している。久米正雄が〈閨秀画家の水彩を見るように、鮮かで綺麗だ。綺麗ごと過ぎるかも知れない。苺入りのクリーム菓子のようでもある。只フレッシュな事は間違いない〉と記しているのも同様で、ここには閨秀画家（女性画家）＝綺麗というステレオタイプな視点がある。

室生犀星の〈おなじうみたて卵でも、中里の小説はうつくしい筐にはいっていて、吉川（「お帳場日誌」で候補だった吉川江子のこと、筆者注）のお帳場はまだ生温かい寝藁の中にそっと置かれてあるようなもの〉〈達者に書かれた小説には飽々しているが、未熟のうつくしさに出会《でく》わすと訳なく惹かされるのである〉という評も、女流＝未熟＝うつくしさ、と読めなくもないし、川端康成の〈柔かく細かい花〉という表現も、女流という範疇を念頭に置いた批評である。

もし、選考委員に女性が混じっていたら、仮に「女性らしさ」を重視するにしても、それと「繊細」「綺麗」という属性を安易には結び付けたりはしないだろう。

芥川賞が創設された昭和十年、読売新聞に掲載された、読売新聞記者と、プロレタリア文学作家、中條百合子の一問一答「男性作家は果して真実の女性を描いているか」で、中條は、「どうも大体、男の作家は女を描く場合、自分にとってと云うより、男にとって都合のよいように、面白いように、或いは愛し得るように、軽蔑できるように書いているのであって、どう云う意味ででもあんまり男に都合の悪い女は書かれていないようだ」と語っている。それから二十四年後の先にも挙げた座談会「女流作家」でも、曾野綾子は、「(男の方の、筆者注)お描きになる女というのはどうも女形にみえて仕方がないんです。女形だから本当の女よりずっときれいです。川端さんのものなんかことにそう思うんです。さもなければ動物的なかわいい女なんです。ところが、現実の女というものは、そんなにすてきでもなければ、それほど動物的でもない……とにかく生きたそのへんにありきたりの女とはちがうような気がするんです」と語っている。

さらにくだって、半世紀後の平成二十六年の『文學界』三月号の対談「男の小説、女の小説」（池澤夏樹・髙樹のぶ子）でも、芥川賞選考委員でもある髙樹が「男性が描く女性は、マリア信仰とか慈母観音のように、母性と慈愛が重なった理想型としてある。女性の、人を裏切るような裏の顔を、男はなかなか認められない」と発言している。男は、女性をあがめたり、甘えたり、かわいらしいものとして見る傾向があるらしく、女性の芥川賞一号である中里作品への論評にも、男目線の女性観がはからずも出ているのである。しかし、こうした女流作家の「女性らしさ」を男性委員が「一段低く見ている」のかといえば、そうではない。むしろ逆で、彼らはその「繊細さ」「綺麗さ」「うつくしさ」を共通に評価しているのである。

「乗合馬車」への強力な反対意見もあった。作品の持つ〈明るい新鮮な趣〉は、〈お嬢さんの水彩画の出来のいいの〉というレベルで、〈年期を入れると失われる質のものかも知れない〉、一過性のものではないか、と厳しく評価する、佐藤春夫の意見である。

「色の白いのは七難かくす」作風には相違ない。素質のいい素人の水彩画が何か《ママ》のように明るい新鮮な趣の好もしさはある。けれどもあまり弱くたどたどしくさえある。言わばお嬢さんの水彩画の出来のいいのを買わないかと言われたような心持であった。一家を成すのはまだ少々歳月を要するのではなかろうか。相当年期を入れていると稍《やや》心細い気もしてくる。もしかするとあの好もしさも未完成のためのもので、年期を入れると失われる質のものかも知れないなどとも考えられて来る。冀《ねがわ》くばこの機会に奮起して大成を期してほしい。その時には僕今日のこの気の乗らぬ推賞の不明を当選者と天下とに陳謝するに吝でないつもりである。素質のない人でも無いようだからと――尻馬に乗った。

中里は、戦後、低迷した時期もあったが、昭和四十七年「此の世」で文壇にカムバック、昭和四十九年には老境を描いた『歌枕』で読売文学賞を受け、中高年の恋を描いた「時雨の記」は没後、吉永小百合主演で映画化もされている。佐藤春夫は、中里の「大成」を見ることなく、昭和三十九年に死去しているが、生きていたら、きっと「陳謝」したことであろう。

今日のマスコミなら「女性第一号」と大扱いしたと思われる中里の受賞は、「女性初の芥川賞」という見出しをつけた新聞社もあるが、大半はベタ記事で切手大ほどのスペースで報道されているにすぎない。

中里恒子

「曾野綾子は掘り出しものではないか」

戦後最初の女性の芥川賞作家は、第二十一回に「本の話」で受賞した由起しげ子である。坂口安吾は〈一葉につぐ天才的な女流となる人のように思った。今度の芥川賞は、この人を得たことによって、大成功であったと考えている〉と高く評価したが、舟橋聖一は、〈由起しげ子の取り澄ましたような気品は、信用していない〉としつつ、憎まれ口をたたいている。〈この婦人が、高名な画伯の夫人だと聞いて、よけい、賞をやりたくなくなった〉。いかにもやんちゃで知られた舟橋らしい発言だが、これは今日なら問題視されるだろう。

これ以降、第四十九回で河野多惠子が「蟹」で受賞するまで、女性作家の芥川賞はない。女性の大空白時代である。戦後もしばらくは女性の書き手は増えず第二十一回から四十回までの二十回中、男性のみの候補の回がやはり半数の十回に上っている。女性から「戦後派」が出なかった理由について、円地文子は女流作家の座談会で、「女のひとはいろいろ経済的にも家庭的にも足をとられることが多かったからじゃないでしょうか」と語っている。

では、女性が活躍していなかったかといえば、それは違う。曾野綾子、有吉佐和子が、『挽歌』でベストセラー作家になった原田康子とともに活躍した昭和三十年代はじめは、臼井吉見によって「才女の時代」と命名されている。石原慎太郎の「太陽の季節」の誕生前後に文壇に登場した彼女たちは、昭和七年生まれの石原とも世代的に近く、曾野と有吉はともに昭和六年生まれ。しかも「小説は男の仕事だと思う。女の小説は女らしさを売り物にしている」と言っていた文芸評論家、河上徹太郎が、「その点、新しい才女有吉佐和子、曾野綾子には女臭さがない、これは彼女らの長所でもあれば欠点でもある」と評したように、二人は戦後になってから思春期を迎えた新しいタイプの女性作家だった。芥川賞候補には一度もならなかったけれど、瀬戸内晴美（寂聴）も小説や「美は乱調にあり」などの評伝で存在感を示していた。

最初に注目されたのは、聖心女子大を卒業し、当時、『新思潮』の同人仲間の三浦朱門と結婚したばかりの二十二歳の曾野綾子だった。吉行淳之介が「驟雨」他で受賞した第三十一回の石川達三による選評は、落選した曾野の「遠来の客たち」の絶賛に始まる。まるで曾野が受賞作家ではないか、と読者が錯覚しかねない内容だった。

選評ではまず〈委員会の翌日、もう一度（驟雨）を読んでみたが、私には満足できなかった。吉行君には気の毒だが、この当選作について世評は芳しくあるまいと想像する〉と書き出し、曾野作品を〈この異種の新鮮さを育てるのが芥川賞の使命ではないか〉と絶賛している。

今回は、（遠来の客たち）の新しさについて、私と丹羽君だけが強く認めたのに、他の誰もが認めなかった。この喰い違いは研究されなくてはならない。私の考えでは、これこそは戦後のものであって、私には舟橋君にも宇野浩二さんにも書けない新しい性格の文学だと思う。それを作者は案外平然として、すらすらと何の苦労もなしに書いている。苦労なしに書いているというところに本質的なものがある。これは私にとって、又は今日までの日本文学にとって、「異種」である。この異種の新鮮さを育てるのが芥川賞の使命ではないか。

丹羽文雄による曾野の推薦の弁も握り拳に力がこもっていた。

曾野綾子は掘り出しものではないか。進駐軍につとめている女事務員が主人公だが、アメリカ人に対して対等の位置に立っている。適当に反撃し、適当に皮肉り、適当に批判している。新鮮な作風であり、感覚もユニークである。これは素質的のものではないか。

他の委員は、若い曾野の「新鮮味」や「作者の才能」を評価しつつも、この一作だけで評価するのは心細い、作家の今後の活動を期待して次回を待つという意見が大勢だった。瀧井孝作は一人、〈素材は佳いが、文章は生ぬるい。文章にはまだ自覚がない、少女小説と見た〉と厳しい意見を吐いているが、選評には、女性芥川賞第一号の中里恒子評にあったような「女性らしさ」という表現はない。むしろ、「異種」「ユニーク」と、あくまで戦後文学としての、新しさ、独自性が注目されていた。

選考会では、丹羽と石川はしきりにその作品に感心していると、川端康成が「そんなに天才じゃないですよ、丹羽君の好きな作品でしょう」と言う一幕もあり、結果は最後まで授賞の対象として審議された「遠来の客たち」は落選とするが、作品を『文藝春秋』誌上に掲載することに落ち着いた。〈曾野を一緒に一所けんめいに推していた丹羽と石川が、曾野が落ちたので大層口惜しがり、「あとは棄権じゃ」と云って二人共、席を立ってトイレットへ入ってしまったのは、ユーモラスな風景であった〉。こう選評に記しているのは舟橋聖一である。選考会の空気を伝える卓抜な文章だった。

「いただきそこねているの、恨みなんです」

曾野に次いで芥川賞で話題になったのは、有吉佐和子である。候補となった「地唄」は、伝統芸能に生きる父娘の葛藤を描いた作品で、石原慎太郎の「太陽の季節」と文學界新人賞を争い次点になっている。東京女子大学短期大学部英語科を卒業し、曾野と同じ『新思潮』の同人となった有吉の作品は第三十五回の候補になり、吉行と同じ「第三の新人」近藤啓太郎の受賞作「海人舟」に敗れた。瀧井孝作が〈この小説の中の人物の心持にひきこまれて、老父の心持、娘の心持に、同情しながら読んだ〉という高い評価もあったが、「古風」さが問題になった。石川達三は、〈有吉君の「地唄」は幸田《こうだ》文《あや》さんを思わせるような綿密な描写でなかなか力のある人だとは思うが、義理人情の世界がいかにも古い〉と評している。丹羽文雄も〈文字の感覚が古い。文字に対する感覚のなさは、女のひとに多いのは何故だろうか〉と採点は辛かった。

「華岡青洲の妻」や「出雲の阿国」「和宮様御留」など歴史に題材をとった小説や「紀ノ川」など大河ドラマ的な小説を描き、舞台化される作品を後に数多く描いた有吉は、古風なものを大切にしたが、一方で、高齢者の認知症をとり上げ、タイトルが流行語になった「恍惚の人」や食の安全問題を先駆的に取り上げた「複合汚染」など社会派の力作も多く残している。「古風」ということばかりが当時、疑問視されたのは、今昔の感がある。しかし、若い頃は内に秘めていた有吉のマグマのような作家精神を予見していた選評もあった。川端康成である。

有吉佐和子氏の「地唄」は劇的に達者であり、感動も伴う。親子の人情話であっても悪くはないと思うが、効果を計算し過ぎ、また知識が衒気《げんき》となりかねない。しかし、この人も盛んに書いてゆくだろう。

有吉は五十三歳の若さで亡くなるまで、盛んに書いてゆくことになる。それにしても、後の活躍を考えれば、当然、芥川賞に入っていてもおかしくない有吉が新人時代に賞を取らなかったのは、石原慎太郎の「太陽の季節」の出現で、ジャーナリズムが若い清新な才能に注目するようになり、ひとたび注目されるや、編集者が追い回すようになったからである。まして若い女性作家が珍しかった時代のことである。有吉は、「地唄」で落選した翌年の昭和三十二年、今度は「白い扇」で直木賞の候補になる。〈その小説的巧者なのにおどろいた。直木賞の委員なら、反対する理由が何もないほどである〉と吉川英治などから評価されたが、〈もう力倆も十分認められているから受賞の対象とはならぬ〉という意見もあり、次点となった。二十六歳になったこの年、有吉は『処女連禱』『断弦』など三冊の著作を出版し、ＮＨＫテレビの「わたしだけが知っている」にレギュラー出演していた。「もはや新人ではない」とみなされ、これ以降、一度も芥川賞・直木賞の候補になっていない。

「第三の新人」の男性作家の多くが四度も候補になり、ようやく当選したことと比べると、不公平の感もなきにしもあらずだが、候補作を選ぶ日本文学振興会から「芥川賞卒業」とみなされたのは、活躍ぶりの証左といえるし、有吉の場合、純文学の芥川賞より、広範な読者に読まれる直木賞向きと見なされたことも遠因にあった。

曾野の場合も、昭和二十九年の第三十一回につづき翌三十二回にも芥川賞候補になり、落選するが、やはりこれ以降は候補にはならなかった。「太陽の季節」の出現した昭和三十一年には文芸誌の『群像』『新潮』や小説誌『小説新潮』に作品を発表するなど、これまた「もはや新人ではない」活躍をし、昭和三十二年には『黎明』など四冊の著作を刊行している。まだ二十六歳という若さだった。

二人は賞へのこだわりという点で対照的だった。有吉は、二十七歳になった昭和三十三年夏、初めて文芸講演旅行に参加した。メンバーはお年寄りの大家と漫画家、そして有吉の四人。有吉の「芥川賞残念会」というエッセイによると、「若くてしかも紅一点ときて私の人気は予想外のものがあった」といい、なかなかいい気持だったという。しかし、〝事件〟は起きた。

数日こんな状態が続いて、最後の日、颯爽と（当人はそのつもりだった）ステージに現れた私に、大向うから声がかかった。

「落選文士」

……これにはコタエましたね。

私が、切実に芥川賞をほしいと思い出したのは、そのとき以来である。

有吉は、その後も執念深く芥川賞への思いを語り、三十八歳になった昭和四十四年、文藝春秋社長の池島信平と対談し、その心情を率直に語っている。

有吉　わたし、だから、再スタートして芥川賞をねらおうかと……。

池島　それこそ、冗談じゃない（笑）。

有吉　……（笑）。

池島　あなたの場合、まだ賞はいくらも目の前にぶらさがっていますよ。大丈夫。

有吉　わたし、芥川賞をいただきそこねているの、恨みなんです。ね、先生（笑）。あの季節が来ると、イライラしますよ（笑）。

この翌年、有吉は池島の予言通り、「出雲の阿国」で芸術選奨文部大臣賞を受賞するが、むろん新人賞である芥川賞からの声はかからなかった。

一方、曾野の場合も、「生贄の島」やベストセラー『誰のために愛するか』など続々と発表し、存在感を高めてゆくが、文学賞とはとんと縁がなかった。そして、四十九歳になる昭和五十五年に『神の汚れた手』でついに女流文学賞を受けるが、曾野はこれを辞退した。受賞を発表した『婦人公論』十一月号で、曾野は「受賞を辞退した私の真意」を発表している。

私の身勝手な感覚によれば、賞をご辞退したのではない。精神的なものとしての賞は、感謝と共にお受けしたのである。ただ、制度としての受賞をお許し願ったに過ぎない。
芥川賞の候補になって以来、今年で私の作家生活は二十六年である。その間ただの一度も賞と名のつくものを受けなかった。これはいろいろな意味で、異例だったかも知れない。
初めのうちは私もごく普通にいつかは自分も賞を頂く日があるかも知れない、と思って来た。しかし次第に、自分が小説を書く上で、賞というものを考えるのは、不純の情熱だと思うようになった。

昭和生まれの女性作家の活躍に、先鞭をつけた二人は、あまり賞に恵まれなかったにもかかわらず、マスコミの海にも溺れず、流行という浮草のようなものにも流されず、独自の地位を築いた。曾野は今なお現役で、腰の据わった発言をする論客としても知られている。

五対六で落選した倉橋由美子「パルタイ」

「倉橋由美子。二十四歳。明大大学院学生。一月、明大新聞に発表した『パルタイ』で芥川賞の有力候補になったが落選」という書き出しで、昭和三十五年七月二十二日の読売新聞朝刊社会面に大きな記事が出た倉橋由美子も、女性大空白時代の芥川賞史を飾った作家である。大江健三郎と同じ昭和十年生まれで、学生作家としてのデビューも大江と同じ。しかも、昭和三十二年七月の毎日新聞「文芸時評」で、大江健三郎の「奇妙な仕事」（東京大学新聞七号）を〈私はこの若い学生の作品を、今月の佳作として、まず第一に推したい〉と書いた文芸評論家の平野謙が、昭和三十五年二月の「時評」で、「明治大学新聞」一月十四日号に載った倉橋由美子の「パルタイ」について〈以前大江健三郎の処女作を「東大新聞」にみつけたときに似た興奮を、私はおぼえたくらいである〉と評価したのである。文芸ジャーナリズムは放っておかなかった。作品は『文學界』に転載され、北杜夫の「夜と霧の隅で」が受賞作となった第四十三回の芥川賞候補になった。

選考会は大荒れだった。この時の選考委員は十一人で、瀧井孝作、丹羽文雄、舟橋聖一、石川達三、井伏鱒二、中村光夫、永井龍男（佐藤春夫、宇野浩二、川端康成、井上靖の四氏は欠席）で、舟橋の選評によると、〈北一人推す組が五人。北・倉橋二人推す組が五人で、票決がつかず、佐佐木茂索氏の意見を聞いて、決定したのが真相だから、「パルタイ」にも支持者はあったが、五対六の一票違いで押しきられた〉。

最も強く推したのはこの舟橋で、〈「パルタイ」の文体は、大江などとも違う才質で、ユニイクなものである。特に感覚的に新しいとは思わないが、女の体臭が凝結しているような緊密感は、中間小説で荒らされていた一、二年前の候補作にはないものだ〉と評価している。革命党に所属している「あなた」から入党を勧められてから離党するまでを女子学生の目を通して描く「パルタイ」は永井龍男からも〈なによりも、その新鮮さを私は買いたい〉〈新鮮ということは、芥川賞の生命ではなかろうか〉と買われ、井伏鱒二も〈「パルタイ」では、自由を持てあまして行きつく先の不自由な抽象の壁が書けている〉と評価した。

反対の意見も強力だった。〈人間というものをこのように図式化してみるのはいいとしても、読後にこのように感動のない小説というのも珍しいと思った〉（井上靖）。〈『パルタイ』は、ちょいと器用に見えるが、それだけで、「コマシャクレ」ている〉（宇野浩二）。さらに〈日本の女性にしては珍しい才能の持主である点は十分にみとめるが、簡単にとびつけないものをこの作品は感じさせる。目下は習作の時代であろう〉という女性蔑視的な発言もあり、授賞は見送られることになった。

曾野や有吉と同様、編集者は倉橋を放っておかなかった。次の四十四回でも「夏の終り」が候補になり、再び落選するが翌昭和三十六年に第一作品集『パルタイ』で女流文学賞を受けた倉橋は、同じ年に第二作品集『婚約』、第三作品集『人間のない神』と書き下ろし長篇『暗い旅』を刊行、その活躍は目覚ましく、芥川賞は二度候補になっただけで「卒業」と見なされた。

自筆年譜によると昭和三十七年、二十七歳になる倉橋は、「大学院を退学してしばらく土佐山田町の実家に帰る。小説を書くことに対する拒絶反応が一段と強くなり、編集者たちの『追及』を避けて『行方不明』になるため京都その他を旅行する」こともあったようだが、二十九歳で新潮社の純文学書下ろし特別作品『聖少女』を刊行するなど、着実に自らの世界を広げていき、ロングセラーとなった『大人のための残酷童話』や泉鏡花賞作品の『アマノン国往還記』などスケールの大きな楽しい物語も書いている。

平成二年から自分の心拍音が聞こえるという症状に悩まされ、「死のシミュレーションばかりする生活」が続いたが、何年かして、「もっと楽しいことを考えよう」と思ったら、やはりそこには小説があった、と晩年、筆者の取材に語っている。

「私は小説をごちそうと思っていますから、おいしくないのは嫌です。遊び心地になれる楽しい話を書きたくなりました」。それが六十六歳の時、十三年ぶりに刊行した小説集『よもつひらさか往還』で、冥界と現世を行き来する少年のセクシャルで奇妙な味のする冒険譚であった。

この時のインタビューで、「つらいのは現実だけで、もうたくさん。つらい話を書く人は、よほどお幸せなんだわ」と語っていた倉橋は、「パルタイ」について、「キザな文章が多い。やっぱり若気のいたりです」と振り返っている。

十年前に亡くなったため、もう聞き直すことはできないが、〈ちょいと器用に見えるが、それだけで、「コマシャクレ」ている〉という宇野浩二の選評を記憶にとどめての発言だったのだろうか。そして、「笑いと嗤いがある小説が楽しい。私の作品もケラケラ笑ってもらえるようならいいんですが、どうでしょうか。北杜夫さんは天性のユーモアがあって、いいですね」と取材に語り、「パルタイ」で落選した時の芥川賞受賞者を心から敬愛していたことも記憶に残る。

倉橋は平成十七年に六十九歳で死去した。その時、北は、読売新聞に追悼のコメントを寄せている。「僕が芥川賞を受けた時、倉橋さんの『パルタイ』が候補で、僕のより素晴らしいと思った。『大人のための残酷童話』に至るまで、女性作家の中で最も前衛的で才能のある一人でした」。

戦後の芥川賞の女性大空白時代は、ジャーナリズムに注目された若い女性作家たちが、それぞれに独自の歩みをしたことで、見事な存在感を示していた。

主婦の受賞

第四十九回で戦後に二人目の女性受賞者となった河野多恵子は、瀬戸内寂聴、津村節子、吉村昭らとともに丹羽文雄の同人誌『文学者』で長年研鑽し、「幼児狩り」で新潮社の同人雑誌賞を受けたときは三十五歳だった。大正十五年生まれで、曾野、有吉、倉橋より上の世代だったこともあり、ジャーナリズムから派手に注目されることはなかったが、確実な歩みで文化勲章を亡くなる二か月前の平成二十六年十一月に受けた作家である。

選評では永井龍男が〈「分る人には分る」といった小粒な作品だが、純粋さを買われたようだ。作品の肌に、ジャーナリズム荒れの眼立つこの頃、そういう美徳は賞されてよいのかも知れない〉と書いている。その言葉どおり河野は、純文学一筋を貫いた。

この時、川端康成は〈私の考える「芥川賞作品」とは、その作家が受賞によって登場すれば、今日の文学界に新しいなにかを加えてくれるだろう、既存の作家になかった、なにかを見せてくれるだろう、そういう風に思える作品である〉としたうえで、〈河野多恵《ママ》子氏もそういう作家でないことはない〉と、やや控えめな評価ながら記している。

河野は、昭和六十二年に、「三匹の蟹」で芥川賞を受けた大庭みな子とともに、女性では初めての芥川賞選考委員に就任するが、その委員時代の第百十八回（該当作なし）選評で、この芥川賞の基準を述べた川端の文章をわざわざ再録している。「みいら採り猟奇譚」「後日の話」や「半所有者」など、人間の倒錯した感覚を深くえぐり取る小説を発表し、既存の作家になかった、なにかを文学に付け加えてきたという自負があってこその再録だったのだろう。

河野は、平成十九年に刊行した作家、山田詠美との対談集『文学問答』で、芥川賞の選考における男と女の差別について語っている。

選考会控室での河野(左)と大庭(右)

山田　ほかの世界では、男の人と女の人とでまだ差別がありましたけど、小説の世界って性差なんて全く関係ないところで進んでいく場所じゃないですか。それなのに、私が「ベッドタイムアイズ」で最初に芥川賞候補になったときに、すべて選考委員が男性で、何で男の人ばっかりなんだろうとは思いましたよ。ご自分が芥川賞を取られて、そのときに選考委員が皆男性であるということに関して、何もお思いになりませんでしたか。

河野　べつに思わなかったわねえ。（中略）書き手そのものが圧倒的に女の人が少なかったからよ。（中略）男が選んでも女が選んでもおんなじだから、男性の選者ばかりでも差し障りはないようにも思っていたわ。

四十九回の河野に次いで、第五十回に「感傷旅行《センチメンタル・ジャーニー》」で芥川賞を受けたのは、〈軽薄さをここまで定着させてしまえば、既に軽薄ではないと私は思う。これは音楽で言えばジャズのような、無数の雑音によって構成された作品であり、そのアラベスクの面白さは「悲しみよ今日は」を思い出させる〉と石川達三に評価された田辺聖子である。これ以降の女性の作家の進出はめざましいものがあった。

第五十三回　津村節子「玩具」
第五十九回　大庭みな子「三匹の蟹」（丸谷才一「年の残り」とダブル受賞）
第六十三回　吉田知子「無明長夜《むみょうちょうや》」（古山高麗雄「プレオー8の夜明け」とダブル受賞）
第六十八回　郷静子「れくいえむ」

山本道子「ベティさんの庭」
第七十三回　林京子「祭りの場」
第八十一回　重兼芳子「やまあいの煙」（青野聰「愚者の夜」とダブル受賞）
第八十二回　森禮子「モッキングバードのいる町」
第八十五回　吉行理恵「小さな貴婦人」
第八十八回　加藤幸子「夢の壁」（唐十郎「佐川君からの手紙」とダブル受賞）
第九十回　髙樹のぶ子「光抱く友よ」（笠原淳「杢二の世界」とダブル受賞）
第九十二回　木崎さと子「青桐」
第九十四回　米谷ふみ子「過越しの祭」
第九十七回　村田喜代子「鍋の中」
第百回　李《イ》良枝《ヤンジ》「由煕《ユヒ》」（南木佳士「ダイヤモンドダスト」とダブル受賞）

昭和四十七年下半期（第六十八回）は、史上初の女性二人の受賞で、戦後生まれの女性では初の受賞となった髙樹から、木崎、米谷、村田まで続く四人は、九十一、九十三、九十五、九十六回が該当作なし、となっているため四回連続の女性の受賞となった。

そして、第百回までの芥川賞受賞者百人中、女性作家は二十人だが、第八十一回以降、昭和の終わる第百回までに限って言えば、受賞者十七人中、女性が九人と女性上位の時代が到来した。「人類の進歩と調和」をうたった大阪の万国博覧会が終わり、高度成長には陰りが見えたとはいえ、日本の消費社会は進行、消費者である女性の発言力は高まり、一億総中流社会となり、ゆとりがある時代だったことも女性の執筆環境を支える背景にあった。

山本道子(左)と郷静子(右)。受賞会見で

それでもまだ女性が書くことへの世間の驚きは残る時代だった。女性二人のダブル受賞の時には、「三十六歳と四十三歳の、ともに家庭の主婦」ということが話題になり、読売新聞の昭和四十八年一月二十七日の夕刊「ほがらか天国」には、こんな小噺が載っている。

女芥川賞が刺激
浮気亭主―オレの行状に文句言わなくなったナ
女　房―あんたをモデルにして女流作家になるのョ
（静岡・ペン蛸）

きっと主婦が書くことへの質問が記者からも相次いだのだろう。山本道子のインタビュー記事（読売新聞昭和四十八年一月十九日）でも末尾はこう締めている。〈「でも、主婦が大事か、小説が大事か、まだよくわかりません」とはにかんだ。日本水産に勤めるご主人と、六歳と三歳の女の子の四人暮らし。二女はオーストラリアで生まれ亜見子と名づけた。アジアを見ている子どもだという〉

三島が最後に絶賛した女性

昭和四十五年七月十八日の第六十三回は、三島由紀夫が最後に出席した選考会だった。この年十一月二十五日、三島は自決したからである。最後の選考会で選ばれたのは、古山高麗雄の「プレオー８《ユイット》の夜明け」と吉田知子「無明長夜」である。

古山を高く評価したのは大岡昇平であり、〈円熟という芥川賞では珍しい要素が加わっていて、群を抜いていた。私自身、二十年前に同じような外地の収容所を題材としながら、古山氏の域に達しなかったので、特にこの作品には弱いのである〉と脱帽している。

同作と吉田作品を〈甲乙をつけがたいので、二作とも同格で当選になったのは慶賀のいたりである〉と記した三島の選評には、まるで自決を予感させるものは無く、明晰そのものだった。

吉田知子（受賞時）

「無明長夜」は実存的作品で、すばらしい断片の集積であり、現実感覚の剝落感が精密周到に組み立てられ、現実に接する皮膚がだんだんゴワゴワと固くなってゆくにつれて、夢と現実が等価のものになる分裂症の病理学的分析もたしかなら、文章もたしかで、詩が横溢《おういつ》している。しかし、できれば、断片の累積で終ってほしかった。さわりの本山の出火や回想の炸裂は、いかにもドラマチックな盛上げになっていて感心しない。小説全体があのテンカンの少女のように、ストンと崖の向う側へ落ちてほしかった。ホフマンスタールの小説を愛する読者は、この種の小説が女性によって書かれたことに愕《おどろ》くにちがいない。異常な才能である。

「異常な才能」と評価されたにもかかわらず、静岡県在住の女性作家の受賞を新聞が伝える決まり文句は「地方の主婦が芥川賞！」で、吉田は三年ぐらい、「主婦作家」と呼ばれたという。「芥川賞一五〇回記念特別号」の『文學界』平成二十六年三月号のエッセイ「蚊と伊万里と」で回想している。

姑も子供もいないからまるで主婦の自覚はなかったが。夫の勤め先ではみんな妻に小説を書くよう奨励したとか。夫の親類からは「賞を貰ってもうこれで満足しただろうから今後小説を書くのは一切止めるように」という申し出があった。

宮本輝の選評に泣いた川上弘美

平成に入り、本格的な女性作家の時代が始まる。元年下半期の第百二回の瀧澤美恵子「ネコババのいる町で」に始まり、第百四回の小川洋子「妊娠カレンダー」からは荻野アンナ「背負い水」、松村栄子「至高聖所《アバトーン》」と三回連続、女性の受賞者がつづき、平成二十六年下半期の第百五十二回までを含めると、平成の受賞者は五十七人で、このうち女性は二十四人。過去十回に限ると、第百四十七回の鹿島田真希「冥途めぐり」、黒田夏子「ａｂさんご」、藤野可織「爪と目」、小山田浩子「穴」、柴崎友香「春の庭」と五回連続女性が受賞するなどで、女性の受賞者は七人、男性は四人と圧倒的に女性が上位となっている。

　男女雇用機会均等法が施行された年の翌年にあたる昭和六十二年の上半期第九十七回の選考から河野多恵子、大庭みな子の二人の女性が初めて選考会に参加している。それも今日では、九人の選考委員のうち女性は、髙樹のぶ子、山田詠美、小川洋子、川上弘美の四人となっている。

国民が注目したのは、第百三十回（平成十五年下半期）で、金原ひとみ「蛇にピアス」、綿矢りさ「蹴りたい背中」がダブル受賞した時だ。受賞決定時には綿矢は十九歳、金原は二十歳。それまで最年少だった石原慎太郎、大江健三郎、丸山健二、平野啓一郎の二十三歳の記録を更新した若い女性二人のダブル受賞は、新聞の一面で大きく扱われ、受賞パーティの際には、二人に殺到するマスコミから彼女たちを守るため、ガードマンをつけるなど厳戒態勢だった。

ただし、選評を見る限り、興奮は全くといってよいほどない。村上龍は〈これは余談だが、選考会の翌日、若い女性二人の受賞で出版不況が好転するのでは、というような不毛な新聞記事が目についた。当たり前のことだが現在の出版不況は構造的なもので若い作家二人の登場でどうにかなるものではない〉と、至極冷静に書いている。次に掲げる河野多恵子の選評を含めて、もちろん、「女性らしさ」とか「お嬢さん」といった言葉は登場しない。

非常に若い両作家が、非常に若い人物を描きながら若さの衒《てら》いや顕示がなく、視力は勁《つよ》い。省略ということを弁え、夫々の特性に適った表現力に富む文章がまた好もしい。

一個の新しい文学として、それぞれの作品に賛意を表している。「女性作家の活動も当たり前になった」ことを象徴する回だった。芥川賞の翌年に設立された「女流文学者会」も平成十九年に七十一年の歴史に幕を閉じている。

平成が始まった一九八九年、世界ではベルリンの壁が崩壊し、国家のイデオロギーの対立は終わり、グローバル化が標榜されるようになったが、一方で、民族主義が台頭し、一筋縄では平和を語れない時代が到来した。国内でもバブル経済の崩壊につづき、平成七年に阪神・淡路大震災、地下鉄サリン事件など、成長神話を揺さぶる事件・事故が起き、二十三年には東日本大震災とこれに伴う福島第一原発の大事故という国家の危機にも直面、当たり前の日常がいかに危ういものかを現代日本は突きつけられている。

従来の観念が揺さぶられる時代、生活や日常という現実に足場を置くことが今なお多い女性の書き手は、よりリアルに時代の変化を心身に浴びるのかもしれない。

第百四回、「妊娠カレンダー」で受賞した小川洋子は、〈出産を含めてこれまで自然だったはずのことが自然ではなくなってきた時代の感触が、声高にではなく書かれていることに感心した〉と日野啓三に評価された。それを支えたのは〈ごく普通のことの奥に、ぞっとする不安ないし恐怖を透視する〉力だった。

第百八回に「犬婿入り」で受賞した多和田葉子について、選考委員の大庭みな子が着目したのは〈外の世界との異和感をかかえて立つ多和田さんの強靭さ〉である。

そして第百十五回（平成八年上半期）に「蛇を踏む」で受賞した川上弘美もまた、日常の奥にある厄介な変形譚という手法で鮮やかに提示したことが、丸谷才一らから評価された。

川上弘美さんの『蛇を踏む』は文句のつけやうのない佳品である。有望な新人を推すことができて嬉しい。

これは変形譚だが、普通、変形譚といふと何か危機的な感じがするものだけれど、ごく日常的な感じである。危機的な、痛切で鋭い不安ではなくて、普通の暮しのなかにたしかにある厄介なもの、迷惑なものを相手どらうとしてゐる。それがじつに清新である。

日野啓三も〈「蛇を踏んでしまった」というさり気ない書き出しの切れ味がいい。そうしてごく普通の若い女性が、日常生活の中で心ならずも神話的領域に触れてしまう。ハイテクの世界でも心の深みではわれわれは神話的元型の暗い領域を生死しているからである〉と論評している。

ただし、この作品は二人の委員から全否定されている。〈私には全く評価出来ない。蛇がいったい何のメタファなのかさっぱりわからない〉とした石原慎太郎と、〈受賞作となった「蛇を踏む」を私はまったく評価していなかったので、最初の投票で委員の多くがこの作品を推したときには驚いてしまった〉と記した宮本輝である。

蛇が人間と化して喋ったりすることに、私は文学的幻想を感じない。そんなものはイソップか民話で充分だと思っているので、私は最後まで「蛇を踏む」の受賞に反対意見を述べた。寓話はしょせん寓話でしかないと私は思っている。

「選評を読んで私は泣いた」。それまで宮本輝の小説のかなりの愛読者だった川上は、受賞から九年後の平成十七年十月二日の読売新聞読書面で、そう告白している。宮本輝の『にぎやかな天地』の書評の冒頭に、この選評を読んでから、愛読していた宮本作品が、それからは一行も読めなくなっていたことを次のように記している。

選評を読んで私は泣いた。理不尽だと思ったからではない。本当にそう、と思ったからだ。「本当にそう」というのは、評価の是非に関してではない。宮本輝という作家が「受賞作はだめ」と強く表明したその意思に関して、だ。

簡単そうにみえるが、人が自らの意思をまっすぐに表明することは色々な意味でとても難しい。その難しいことをこの人はしている。表面の毀誉褒貶ではなく「書くという行為」自身の厳しさに目を開かされて、自分は泣いた。負けず嫌いにも、私はそんなふうに思ったのである。

この書評を発表した二年後の平成十九年上半期の第百三十七回選考会から、川上は小川洋子とともに芥川賞の選考委員に加わり、宮本輝と、選考会で顔を合わせることになった。この回で受賞した諏訪哲史の「アサッテの人」を、川上は〈異状なことを描いているようにみえて、実は多くの人がかかえる、「生きて言葉を使って人と関係を持たねばならぬということ」の覚束なさを、ていねいに表現している〉と推している。宮本は〈言語についてのある種の哲学的論考が、私には所詮観念にすぎない思考の遊びに思えて受賞作として推せなかった〉と記している。その後の選評を見ても、二人の意見は違うことが多く、共に〈自らの意思をまっすぐに表明〉しているが、史上最高齢の七十五歳で黒田夏子が受賞した際には、ともに「ａｂサンゴ」を推している。

男と女、五分と五分。これは昭和五十年下半期、戦後生まれでは初の芥川賞を「岬」で受けた中上健次が、晩年の小説「軽蔑」で書いた文である。まさに、選考委員同士、五分と五分、男と女五分と五分。名実ともに、それが今日の芥川賞の選考である。

第5章　該当作なし！

第89回選考会。左から大江健三郎、開高健、安岡章太郎、丹羽文雄、
中村光夫、井上靖、吉行淳之介、遠藤周作、丸谷才一

記者もむなしい「なし」の回

今から二千年以上も前の楔形文字を解読したところ、「今どきの若者の言葉づかいが悪くて困る」とあったそうな。こうした発言は昔から繰り返され、「今どきの若者は……」と嘆かれていた当の若者が長じて「この頃の若者は……」と慨嘆する姿は、今日においてもしばしば見かけられる。年がまだ二、三十代ほどの若い人が「今どきの……」などとやっているのを見るときにはほほえましく、思わず「君はまだ若いのに……」と突っ込みたくもなるのではあるが。

純文学の世界でもこれは同じで、年配の作家が、若い作家を嘆く姿は今も昔も変わらない。芥川賞を創設し、自ら選考委員も務めた菊池寛は、賞の創設宣言をしたばかりの昭和十年、『文藝春秋』三月号のコラム「話の屑籠」で〈純文学の不振は、この頃はなはだしい〉と、早くも慨嘆している。〈大衆小説が跋扈《ばっこ》しているなどということよりも、純文学に十分な市場価値がないのだから、仕方がない〉と嘆いた菊池には持論があった。

純文学でも大衆文学でも、人にたくさん読まれるのが肝心である。読まれない文芸などは、純文学だろうが何だろうが、結局飛べない飛行機と同じものである。（昭和九年十月号「話の屑籠」）

このように、選考委員が若い人のいい作品を見出せないときや、評価が分かれ、決定打が出ないときに生まれるのが「該当作なし」である。首を長くして受賞結果を待ったにもかかわらず、「なし」。この結果ほど記者にとって拍子抜けするものはない。受賞者の晴れの会見はむろんなく、記事の扱いは当然小さい。いざ、出陣、はやる気持ちがあっただけに、主催者の日本文学振興会の事務局員によって、「新喜楽」二階の記者控室の正面ボードに「なし」の結果を書いた紙が貼り出されると、「やれやれ」とばかり、記者たちのため息が広がる。

実はわずかばかりの時間だが、紙を貼る直前にこの結果がわかる。受賞作がある場合、紙には受賞作と作家の名前が書いてあり、紙が二枚ならダブル受賞。もちろん、記者には見えないように裏を向けて事務局員はしずしずと入場するが、わずかばかり透けて見える部分を凝視し、一秒でも早く臨戦態勢に入る。これが「該当作なし」の場合には、紙の白地部分が大半だから、貼る前から「あ〜あ」となる。

ただ、拍子抜けはしてもガッカリはしない。受賞作を掲載する『文藝春秋』にとっては、「該当作なし」は売り上げに影響するので死活問題だろうが、報道人からすれば、結果は結果、厳粛なものである。それに事前に関係者に取材し、ある程度までは見通しをつかんでいるので、「やっぱりそうか」と納得することもある。戦後のある時期は「該当作なし」が多く、「選考が厳し過ぎるのではないか」と不満が出た時期もあったが、私が取材を始めた平成三年上半期の第百五回からこれを書いている時点では最新の平成二十六年下半期の第百五十二回までの四十八回の選考結果を見ると、「該当作なし」はわずか五回しかない。年二回選考する芥川賞が連続で「該当作なし」となり、ある一年で一人も新人作家を輩出しなかったケースは筆者が取材を始めて以降、零なのである。

有力な新人は、そうそう毎年のように出るものではない。だから、むしろ、平成十一年下半期第百二十二回から三期連続ダブル受賞がつづいた時には、「新人の豊作時代」というよりも、「ちょっと出し過ぎではないか。この一作に絞れないものか」とすら思ったこともある。

そして、こんな時代、つまり「該当作あり」がつづくと、むしろ「該当作なし」のほうがニュースになる。大江健三郎がノーベル文学賞を取った直後の平成六年下半期の第百十二回は、二十四年ぶりに芥川賞・直木賞がそろって「該当作なし」となり、話題になった。日本文学が世界に認められた直後のこの結果に、気の早い記者からは「文学の衰退を象徴しているのではないか」との質問が飛び、直木賞委員の渡辺淳一が「そういうことではなく、圧倒的に強い作品がなかったのです」と会見でかわす一幕があった。

平成二十一年下半期の第百四十二回で、平成十一年下半期の第百二十二回から史上最多の二十回連続の芥川賞受賞記録が途絶えたときも、代表会見をした池澤夏樹が「日本の今の文学が不調なのではない。五作とも、一本、強いものが足りない」と答え、「該当作なし」をせっかちに「文学不振」と結び付けたがる記者を牽制した。

ただし、入念に候補作を読み込み、二時間近く激論した選考委員にとっては「該当作なし」ほど、やるせないものはないらしい。傑出した評価を受ける作品がなく、戦後初の「該当作なし」となった昭和二十五年下半期の第二十四回の選評では、岸田國士《くにお》が〈誠に結果として淋しい〉と書いた。「淋しさ」は、いい作品を書かない新人への憤りにも転化する。坂口安吾は〈感銘をうける作品が殆どない。こんなバカなことがある筈はない〉〈私は作者の未来に対してよりも作品に対して授賞すべきだと考えているから、今月は誰も推さなかった〉と怒り、宇野浩二は〈作品にひとつも新鮮味もないのは何としたことか。そこで、私も、うんとふるい言葉をつかって、諸君、この際、一そう奮励努力せよ、といいたい〉と記した。

一方で、自分が強く推した作品があったにもかかわらず、支持が集まらず、「該当作なし」となった時には、無念の腹立たしさが選評に出る。「該当作なし」の選評には選考委員の作家の文学観が、落胆から、腹立ちから如実に示されることが多い。

川端康成の爆発

「新しさ」を尊ぶという点では川端康成は代表的存在だった。第一回から選考委員を務め、ハンセン病文学の代表的な作品となる北條民雄「いのちの初夜」をいち早く見いだし、芥川賞に推薦（結果は落選）したほか、中島敦の「光と風と夢」も積極的に推している。この作品が候補になった第十五回も「該当作なし」だったが、川端は〈（石塚友二「松風」と「光と風と夢」の、筆者注）いずれかに、或いは二篇共に授賞したかった〉としたうえで、〈前にも賞を休んだ例はあるが、今度ほどそれを遺憾に思ったことはないようである。右の二篇が芥川賞に価いしないとは、私には信じられない〉と熱弁を振るっている。

この回で、中島作品を強く推したのは川端と室生犀星の二人で、小島政二郎は〈退屈〉し、宇野浩二は〈明らかに、冗漫であり、散漫であり、書き方も、安易で、粗雑である〉と酷評、佐藤春夫、菊池寛、久米正雄は授賞作なしを主張し、落選した。中島が『文學界』に発表した「古譚」も参考作品だったが、瀧井孝作は〈衒学的なくさ味があってどうも好きにはなれなかった〉と記し、宇野も〈題材は変っているけれど、書き方は、凝っているようで、下手である〉とみなした。「古譚」を掲載した昭和十七年の『文學界』二月号を開くと、この表題のもとに二つの掌篇が並んでいる。戦後の国語教科書の定番となった「山月記」と、もう一つは「文字禍」だった。中島は、八月の結果発表から四か月後の昭和十七年十二月四日に死去した。享年三十三。真価が認められたのは戦後になってからだった。

二十代から小説だけではなく、「文芸時評」も長年担当した川端は、若手の才能発掘に積極的で、芥川賞でも安部公房、大江健三郎ら前衛的作品も迷わず評価してきた読み巧者だった。だからこそ、自身が力瘤を入れて推した作品が落選したことが、余程無念だったに違いない。

その川端が新人に怒った。各委員がめいめい自分の推す作品を譲らず、広池秋子「オンリー達」と小島信夫「吃音学院」、庄野潤三「流木」という後に芥川賞を受ける二人の作品が最後まで審議の対象になりながら「該当作なし」となった第三十回（昭和二十八年下半期）の選評である。

今期、私は徹頭徹尾、該当作品なしという意見であった。私としては異例である。たとい多少の不満はあっても、とにかく一人の新作家にでも声援した方がいいという見地から、従来三十回にわたる審査会に、私が該当作品なしと主張したのは、初めてのことかと思う。
今期の候補作に私が賛成しかねる第一の理由は、新人らしい清新の作風が感じられぬことであった。欠点があり、不安があっても新人の作品には、冒険と反逆とが、私は望ましい。したがって、新人の作品を選ぶことは、審査員にとっても、自身にたいして冒険と反逆とが伴うものと思う。時には珍しもの食いの失敗があっても、それはしかたがない。また新人としても、出発は旧人に疑惑か反対をもって迎えられるのが、むしろ常であって、当初から旧人にあまねく好感を寄せられるようでは新境地の開拓などむずかしい。

川端の選評は、回を重ねるにつれて厳しさを増す。「該当作なし」だった第四十二回（昭和三十四年下半期）では〈今回ほど張合いのないことはなかった。半年間のいい作品、新しい作品が読めるという期待で、こういう選に関係し、好意を先立てて読むのだから、なにかの感動や発見を与えられないと、失望させられる〉と落胆している。

その川端がついに大爆発した。「該当作なし」だった第四十八回である。次の回で芥川賞を取る河野多惠子「美少女」、後に芥川賞選考委員になる田久保英夫の「奢りの春」など八作が候補になったこの回は、事務局が選考のために調べた雑誌、同人雑誌、単行本は約五百五十冊、手分けして読んだ作品は二千三百篇に達し、今では考えられぬほど多いが、石川淳が〈大観すれば、芥川賞はこのところずっとシケつづきであった。はっきりいうが、ちかごろ出たものにろくなものはない〉と本音を漏らすほど難航した。事務局による選考記録には〈緊張した空気の中に各委員の活潑な応酬があり、結局、前記のように授賞すべき該当作品無しと決定致しました〉と異例の付記があった。川端の選評を引用する。

授賞作なしは、委員に取って、後味の悪いものだ。
一年に二回では、該当作者、作品の見当らぬ半年があっても、やむを得ないかと思われるが、今日ほど小説の読者の多い時、今日ほど小説を書く人の多い時、たとえ未成未熟であっても、新鮮な個性の現われることが稀なのは、私には残念である。
新人の小説勉強、小説念望には、なにかまちがいがあるのではないかと疑われる。

ここまでは、よくある新人批判である。しかし、ここから川端は、いきなり既成作家の批判にも転じ、舌鋒鋭く論じてゆく。

既成の作家の作風、作品は、新人の目標にも手本にもならない。それらの多くは無風帯に安居し、沈澱し、渋滞している。

川端康成

それでも、まだしも旧人の方が、試みようとする動きが見えるほどではなかろうか。新人は旧人を否認でなくても脱離し、個性の独創を大胆にたどるべきであるのに……。作風の大体安定した中年の芥川賞委員など、新人に取ってはなんでもないはずだ。

批判はおさまらず、ついには本家本元の芥川賞選考委員批判にまで発展したのだ。

芥川賞の作家は、一口に言うと、生きが悪い。酷な言葉かもしれないが、なまぬるいちょっとした作品で芥川賞を取ったところで、ほんの一時の、あるいは偶然のまじった、小成に過ぎなかろう。芥川賞はたしかに出文壇の効果はあり過ぎるが、それはマス・コンミュニケイションの大きい騒ぎを、新作家が高等な文学評価と思いちがいさせられたのではないか。

多くの批評家が芥川賞に誘われて授賞作を扱うのも、見識の乏しさではないのか。作品の真の批評は、長い歳月であり、広い世界であろう。新人にとって、芥川賞もいろんな意味でもちろんよいが、ほんの入口の門と自らいましめるべきである。門のなかは広く深い。この門を目標とするなら、新人は弱い足をなお弱めてしまうものだ。

芥川賞作家も候補作家も、既成の作家にこだわったり、西洋の小説を敬ったりするよりも強く、自分のうちなるものをさぐりもとめるがよい。芥川賞の効果が大き過ぎるので、委員としての私は自分のために、また候補作者諸君のために、私はよくこういう反省にとらえられるのである。候補作の諸氏よりも、自分の方が今後の試みの願いが弱いと思うことは、まことに稀にしかないのである。

今後も候補作者よ芥川賞を、なにかえらい目標とかんちがいして、決して目低くに疲れることなかれ。

くりかえして言うが、芥川賞の委員はなにほどのこともないのだから……。

瀧井孝作

これは芥川賞史上で最も厳しい、純文学を信じる作家の格調高い選評である。この回の芥川賞選考委員は、川端の他、瀧井孝作、丹羽文雄、舟橋聖一、石川達三、井上靖、永井龍男、中村光夫、石川淳、高見順、井伏鱒二で、このうち、川端と同様に、第一回から委員を務めているのは瀧井のみである。丹羽、舟橋、永井、井伏、中村は戦後新たに委員に加わった新参者、石川淳、石川達三、井上、高見にいたっては、川端に候補作を選考された作家だった（このうち高見は、第一回で落選している）。現職の選考委員までを敵に回しかねない選評を書いた背景には、川端らしい純文学観があった。

川端にとって、純文学とは、他人から教えられるものではなく、自分の苦心しながら新たにつくるしかないものだった。昭和七年十一月に書いた「『純文学はかくあらねばならぬ』という題について」というエッセイではこう記している。

純文学と大衆文学とをくらべてみる時、「どうあってもいい。」のが純文学であって、「かくあらねばならぬ。」のが大衆文学ではないのだろうか。つまり、純文学の場合では、「かくあらねばならぬ。」ことの条件が、作家自身のうちにある。大衆文学の場合では、その条件が、作家以外の他人のうちにある。

読者の求めに応じる大衆文学に対して、純文学の道は、自ら切りひらくしかないという信念が川端にはあり、自らその先端に立とうと念願していた。昭和八年の「純文学の精神」では〈純文学の主流は、その時代の最もよく生きた文学に外ならぬ〉と宣言している。

こうした文学観があったからこそ、川端には、芥川賞を「なにかえらい目標」と勘違いする気風を許せなかった。石原慎太郎の「太陽の季節」の登場で、マスコミによって芥川賞が注目され、受賞作がベストセラーとなるや、「太陽の季節」を生み出した文學界新人賞をまねて、各出版社も公募の新人文学賞を次々に新設、芥川賞を狙える新人の獲得合戦が始まっていた。「太陽の季節」が受賞したときの選評で、〈諸雑誌の編集者たちが、芥川賞は芥川賞という一つのものと見て、それとは別なそれぞれの自分の考えによって、もっと新人を発見し、支持してゆくべきではないのだろうか。芥川賞が強力になり過ぎて、その他が強力にならないと、賞に触れぬ新作家たちにはよくないだろう〉と表明していた川端にとって、マスコミや文芸誌が、懸念した通り、芥川賞を過剰に評価する傾向は唾棄すべきものであった。

「こんな新人なら一人も居なくてもいい」

川端が、「横光（利一）君が私と同年の無二の師友であり、三島君が私とは年少の無二の師友だった」と語った三島由紀夫もまた、「該当作なし」だった昭和四十四年一月に選考会が開催された第六十回で爆発した一人である。

この回の候補は、後に芥川賞選考委員になる黒井千次、第六十七回芥川賞を「誰かが触った」で受ける宮原昭夫、そして阿部昭、後藤明生、佐江衆一、山田智彦らである。阿部は没後に岩波書店から全集が出た作家で、後藤は後に『吉野大夫』で谷崎潤一郎賞を受ける。佐江も落選にもめげず精力的に書き、後年、老老介護の現実を描く『黄落』が評判になり、銀行員でもあった山田も落選後、『水中庭園』で毎日出版文化賞を受けている。実力を兼ね備えた作家が多かった。

しかし、第３章でも紹介した石川達三の〈候補作品九篇を読み通して、私は損をしたような気がした。心に残るもの、心を打たれるもの、全く何も無い。こんな小説ばかり書いていて、何が新人だ……と思った。こんな新人なら一人も居なくてもいい。小説なんか無くなっても構わない、といいたい程の怒りを感じた〉という言葉に代表されるように、約二時間の審議で、突出した評価を得た作品はなかった。長老の瀧井孝作も〈今回、九篇の予選作品は、どれも粒の小さい、低い感じがした〉と記し、中村光夫も〈総体として、文学に淫し、文学中毒になったような作品が多い〉と評価は総じて低かった。〈私は芥川賞に限らず、新人賞にはなるべく当選作を出すべきであるという意見で、いつもその方針で銓衡に当っている〉という大岡昇平もまた〈こんどはどうも該当作がないのではないか、という気がしていた〉と浮かない表情で記している。

この第六十回は、川端が日本人では初めてノーベル文学賞を受け、日本文学が海外で注目された直後の選考会でもあった。川端は、後藤明生「私的生活」、黒井千次「穴と空」を例にあげ、〈随所に才能のうかがえるもの、あるいは真実を突いたものを含む作品は、決して少くはなかった〉としている。また、山田智彦「父の謝肉祭」、阿部昭「未成年」、佐江衆一「客」、宮原昭夫「待っている時間」が、老父母と若い息子夫婦の間を扱っているのは、〈偶然かもしれないが、今の社会の問題の一つとして、必然のことかもしれな〉いと評価し、〈なかでも「父の謝肉祭」、「未成年」はいい作品であった〉と、新人発掘の名人らしい配慮はしている。

だが、会議の経過は、川端の選評によると、〈はなはだ気勢があがらず、なまぬるい談義であった。そして散票に終始した。その散らばった票の一つ一つにも、格別強い主張はなかった〉という。日本人初のノーベル賞作家、川端の結論は〈望ましからぬ結果もやむを得ないことであっただろう。みずみずしい個性があざやかに発露した作品は見られなかったからである〉であった。

選考会での三島と川端

東大・安田講堂での東大闘争が行われ、東京大入試が中止となったのが、この選考会のあった年である。「はなはだ気勢があがらぬ」選評が多い中で、三島のそれは闘争を意識した、強烈で、劇薬にも似た表現だった。

今度の予選作品を通読してみて、その文学精神の低さにおどろいた。大学も荒廃しているが、文学も荒廃している、という感を禁じえなかった。いかに短篇であっても、ひらめくものはひらめき、かがやくものはかがやくのが文学である。その精神は、現実を転覆させようという意欲において、言葉の力に何ものかを賭けていなければならない。こんな時代だからこそ、ますますそれが求められる。こんなことではバス一台はおろか、三輪車を転覆させることも覚束ない。

「内向の世代」たち

この翌年、昭和四十五年十一月二十五日、「豊饒の海」の最終回の原稿を編集者に渡した三島は、「楯の会」の学生・森田必勝らと市ヶ谷にある陸上自衛隊の東部方面総監部で、自衛隊の決起を呼びかけたが、それに応じる結果が得られず、割腹自殺した。この行動を愛国精神の表れとして称揚するもの、無益な徒労とするもの、小説美学の実践とするもの、様々な意見があった。選評にある「現実を転覆させようという意欲」という表現は、まさに自衛隊での決起を予感させる表現であり、深読みを誘発するものがある。

ただ、これは素直な三島の文学観とも読める。三島は、まだ「楯の会」を結成する以前の昭和三十七年、『風景』に発表したエッセイ「『純文学』とは？　その他」でこう記している。

純文学には、作者が何か危険なものを扱っている、ふつうの奴なら怖気をふるって手も出さないような、取り扱いのきわめて危険なものを作者が敢て扱っている、という感じがなければならない、と思います。つまり純文学の作者には、原子力を扱う研究員のようなところがなければならないのです。私小説ばかりでなく、読者はそれこそハラハラして、作者の身の危険を案じながら、それを読むのです。小説の中に、ピストルやドスや機関銃があらわれても、何十人の連続殺人事件が起こっても、作者自身が何ら身の危険を冒して「危険物」を扱っていないという感じの作品は、純文学ではないのでしょう。

その上で、〈純文学の文体とは、おそろしい爆発物をつまみ上げるピンセットみたいなもので、その銀いろに光る繊細な器具の尖端まで、扱う人の神経がピリピリと行き届いていなければならぬ〉と記し、このような条件を具備している最近の文学作品として川端の「眠れる美女」をあげている。

「現実を転覆させよう」という危険ともいえる意欲は、たしかに候補作は少なかったかもしれない。とりわけ、黒井、阿部、後藤は、古井《ふるい》由吉《よしきち》、坂上弘らとともに、「内向の世代」を代表する存在で、この命名をした文芸評論家の小田切秀雄によれば、その特徴は、六〇年代における学生運動の退潮や倦怠、嫌悪感から政治的イデオロギーと距離を置き始めた作家や評論家を指す用語だった。そうした傾向のある彼らの作品に、「現実転覆の意欲」を求めるのは、ないものねだりと言えなくもない。

ただし、「内向の世代」は、内向きで外向的ではないという語感とは裏腹に、若いうちに作家デビューし、作家専業でやってゆくタイプはおらず、多くは職業人であり、三十前後にデビューする大人の作家が多かった。黒井は富士重工の社員、阿部はＴＢＳ勤務、後藤は平凡出版（現・マガジンハウス）の編集者であり、古井は立教大学の助教授、慶應大学在学中にデビューした坂上もまたリコーの社員だった。彼らは、表現としては時代の前衛を見据えつつも、大文字の言葉で時代や政治を語ることはせず、常にそれを生活者の視点、一個の「私」の視点で見つめ直す内省的な作家が多く、エッセイ風の味わいのある小説も目立った。このため、物語性がある強い文学表現を求める選考委員からは「小粒」と見られることが多かった。「内向の世代」の中核にいて芥川賞を受けたのは古井ただ一人で、黒井は五回、阿部は六回、後藤は四回、坂上は三回候補になりながら賞を逸している。

第六十回から六十四回まで五回連続の万年候補で終わった黒井は、第九十七回の選考から芥川賞選考委員を通算二十五年、五十一回務めた。現在は日本芸術院長を務める文壇の長老格である。上野の芸術院で改めて芥川賞への思いを聞くと、「一発で当てて取るよりも、小説を書き続け、候補になり続けたことのほうが、負け惜しみも入っているけれど、いいのではないかと思う」と語った。

小説を書くために世の中を知ろう、そして世の中の根底にはものをつくることがあると考え、東京大学経済学部卒業後、ベルトコンベアで製造過程が見える自動車産業に進み、二足の草鞋を続けてきた。同じ昭和七年生まれの石原慎太郎が「太陽の季節」で芥川賞を受けたのは入社一年目、会社の寮で、受賞作を読んだ記憶がある。「自分が書こうと思っているものとは別種のもの」と思ったからあせることはなかった。昭和十年生まれの大江健三郎が東大在学中から華々しく活躍しているのを見ても、「自分がやろうとしていることは他の人にはできない」と思い、あせらなかった。それでも三十六歳で初めて候補になってからは、五回とも自宅で待機していて、その都度ダメ。それが力になったという。「取ってしまったら、ある段階まで達したことになるが、取らないと、まだまだ、でしょ。ちくしょうめ、ちくしょうめ、という思いが力になった」。

「もし、取っていたら？」と聞くと、「会社を辞めるのが一年ぐらい早くなったかなあ。仕事をしていると、絶対的に時間が足りなくて長篇が書けないから」と答えた。

三年ぐらい会社勤めをすれば、少しは世の中がわかるかな、と思っていたのが、それではとてもわからず五年たち、六年たち、結婚し、子供が生まれ、三十七歳まで勤め続ける。「この十五年が必要だったとは思わないが、無駄ではなかった。辞めようにも実際にはなかなか辞められないのが勤め人の本質と気がついたし、人はなぜ、働くのか？　暮らしとは何か？　が小説のモチーフになりましたから」。

最後に、「今でも芥川賞を欲しいですか？」と聞くと、何年か前、芥川賞の贈呈式会場で、いっしょに選考委員をしている山田詠美（芥川賞に落選後、直木賞を受賞）に、「やっぱり芥川賞欲しい？」と聞いたときのエピソードを教えてくれた。

「彼女がどう言ったかははっきり覚えていないけれど、少なくとも僕は言った。『もちろん、欲しいよ、今でも欲しいよ』と」

古井由吉（左）と丹羽文雄

昭和四十五年下半期に「杳子」で第六十四回芥川賞を受けた古井は、芥川賞史上まれな受賞者だった。〈「妻隠」と「杳子」の二作のどちらを受賞させるかについて、論議がわかれ、一票の差で「杳子」に決った〉と舟橋聖一の選評にあるように、自作の二作が候補になり、その作品が争うという異例の展開になったからだ。結果は、〈灰色の混沌も、小説の色どりと持味になって、密度の濃い、面白いヤヤコシさで、筆の妙味に陶然とさせられた〉と瀧井孝作らに評価された「杳子」が受賞作となった。「妻隠」を推した大岡昇平が、「杳子」について〈女をこのように試験管に入れたような描き方は、これまでの日本文学になかったものである〉とし、こちらも〈授賞の価値は十分〉と記した。まさに〝激戦〟だった。

古井にとっての本命は「杳子」だったと本人は言うが、「同士討ち」を心配する編集者もいた。「杏子」は河出書房新社の『文藝』、「妻隠」は講談社の『群像』掲載作。この回の直前の第六十三回芥川賞は『文藝』掲載作の古山高麗雄「プレオー8の夜明け」だったが、単行本が講談社から出版され、河出は悔しがり、この回の結果が気が気でなかった。「杏子」が勝ち、『杏子　妻隠』の題名で単行本を出したのは河出だった。

晩年の川端は選考会の席上、まことに不機嫌で、自ら発言することはまずなかったという。永井龍男著『回想の芥川・直木賞』によると、〈席を近くした委員なり進行係から意見を求められると、「これがどうして候補作か」とか、「読めないから読まなかった。なんですこの作品は」と、吐き出すような意味の言葉が必ず返ってきた。取りつくしまのない苦い表情〉だったという。そして、三島の死後、一年半もたたない昭和四十七年四月十六日、神奈川県逗子の仕事場で、自殺している川端の姿が発見され、世間を驚愕させた。

永井龍男の「戦死」

文学の流れが変わりゆく中で、選考委員の新旧交代が加速した。川端の死の前年の「該当作なし」と決まった第六十五回（昭和四十六年上半期）で石川達三が怒りの選評を発表し、委員を退任していたからだ。

候補作八篇のうち五篇までは、何を書こうとしているのか、何が言いたいのか、少しもはっきりしない。是はどういう事だろうかと隣席の中村君に訊いたら、彼は「流行だよ」と言った。大岡君も大体その説のようであった。流行だとすれば、嫌な流行である。舟橋君はノイローゼ小説という言葉を使った。小説がノイローゼによって書かれるような傾向、そういう作品が読者から歓迎されるらしい傾向を見聞するにつれて、もはや私が芥川賞の選に当るべき時期は過ぎたと思った。

舟橋聖一は〈老作家が晦渋な作品を「わからない」と言うのは嘘で、卒直に「つまらない」と言うべきである〉と述べているが、石川は宣言通り、委員を退任した。新旧交代はつづいた。村上龍「限りなく透明に近いブルー」が候補になった第七十五回選考会は、始まる前から昭和五十一年の群像新人文学賞をとったこの作品の評価をめぐるジャーナリズムの騒動で過熱していた。二十四歳の現役大学生による著作ということでも注目されたが、作品そのものが刺激的だった。福生《ふっさ》の米軍基地近くのハウスで繰り広げられる麻薬や乱交パーティを、独特な静かな抒情で描くものだったからだ。

吉行淳之介が〈この数年のこの賞の候補作の中で、その資質は群を抜いており〉と記したように、才能を買う委員は多かった。丹羽文雄も〈芥川賞の銓衡委員をつとめるようになって三十七回目になるが、これほどとらまえどころのない小説にめぐりあったことはなかった。それでいてこの小説の魅力を強烈に感じた。具象画の審査会場に突然アブストラクトの絵がもちこまれたような戸惑いであった〉としつつ、高い評価を与えている。〈若々しくて、さばさばとしていて、やさしくて、いくらかもろい感じのするのも、この作者生得の抒情性のせいであろう。久しぶりに文壇に新鮮な風がふきこんだようである。「限りなく透明に近いブルー」は二十代の若さでなければ書けない小説である〉。

文芸評論家でもある中村光夫も高評価だった。

その底に、本人にも手に負えぬ才能の汎濫が感じられ、この卑陋な素材の小説に、ほとんど爽かな読後感をあたえます。思い切ってどぎつい世相に、素朴な感傷を悪びれずに流しているところに現代の青年の特色と、作者の個性があるのかも知れません。無意識の独創は新人の魅力であり、それに脱帽するのが選者の礼儀でしょう。

反対する意見は、主に長年選考委員を務めてきたベテランが中心だった。第一回から選考する瀧井孝作は〈この若い人の野放図の奔放な才気は一応認めるが……〉としつつ、第二第三作を待ちたいとした。大江健三郎が受賞した第三十九回から選考する永井龍男も〈「限りなく透明に近いブルー」の若く柔軟な才能を認める点では、他の委員諸氏におとらぬが、これを迎えるジャーナリズムの過熱状態が果してこの新人の成長にプラスするか否か〉と懸念を表明したうえで、〈次作を待って賞をおくっても決して遅くはないと思った。まさに老婆心というところであろう〉と記している。

永井は選考会後、辞任を申し出ている。『回想の芥川・直木賞』によると、昭和十八年九月号の『文藝春秋』に載った菊池寛の「話の屑籠」の一節を思い返してのことだったという。

芥川賞、直木賞委員の顔触を更新することにした。自分も、両方から隠退することにした。旧委員の文学観、鑑賞力が、古くなったとも衰えたとも夢にも思わないが、しかし文学芸術の世界では、同一の人間がいつまでも銓衡に当っていることは、無意識の裡に、新機運の発展に邪魔になっている場合も生ずるから、この際思い切って更新することにしたのである。

永井もまた、自らの老婆心が、新機運の邪魔になりはしないかと考えた。しかし、事務局に慰留されて残留している。永井が退任するのは、次の次の第七十七回の選考会終了後だ。このときは、国際的な版画家として著名だった池田満寿夫の野性時代新人賞受賞作の「エーゲ海に捧ぐ」が候補になっており、ジャーナリズムの喧騒の度は、「限りなく透明に近いブルー」の時をしのぐほどであった。選考会は波乱を呼ぶと見られ、予想通り、選考は三時間を越し、「エーゲ海に捧ぐ」と三田誠広の「僕って何」が選ばれた。永井の選評は激越だった。

「エーゲ海に捧ぐ」は、精密な素材の配置と文章で組立てられていたが、緻密な描写が拡がるにしたがって、端から文章が死んで行き、これは文学ではないと思った。（中略）さて二篇の授賞作のうちの一篇を、まったく認めなかったということは、委員の一人として重要な問題である。前々回の「限りなく透明に近いブルー」に対しても、私は票を入れなかった。共に「前衛的」な作品である。当然委員の資格について検討されなければなるまいと考えた。

永井龍男

「朝霧」「青梅雨」「一個」など短篇の名手で、後に文化勲章を受章した永井には、文章哲学があった。作家にとって第一の読者である編集者として長年、文藝春秋に勤め、後に作家になった人だから、文章にとって肝心なのは、「うまい」ではなく、まず「正確」であることを尊んだ。それゆえに、表現したいものの表裏、前後をよく観察して、しっかり自分の手につかむことを信条にした。その文章観があった永井には、「エーゲ海」が認められなかった。

当時『文藝春秋』編集長だった半藤一利は、この選考会の司会を務めた。「エーゲ海」の評価をめぐり揉めにもめ、とりわけ永井の反対は強かったが、次第に「エーゲ海」の評価は高くなっていった。そこで、半藤が再び、永井に意見を聞いたところ、永井は「もう言うことはない。俺はもう戦死した」と答えたという。

半藤はこの夜のことをよく覚えている。

「それで○×を書き込む採点表の永井さんのところに『戦死』と書き込んだんです。ところがいよいよ『エーゲ海』への授賞が濃厚になったときに、思わず永井さんに水を向けてしまったんです。すると永井さんはムッとして『戦死した者がしゃべれるか！』と。これには私も大慌てで『失礼しました。戦死した人はしゃべれませんね』と繕うのが精一杯でした。

受賞作決定後、主催の日本文学振興会理事長の音頭による乾杯の後、会食が始まったんですが、永井さんは乾杯するとすぐにお猪口を逆さに伏せて、『今夜はこれで失礼する』。すっくと立ち上がり、静かに会場を出て行きました。周りの選考委員たちが声をかける間もありませんでしたね。文士という言葉がありますが、これぞ、文士。あっぱれな姿だと思いました」

事件と言わしめた村上春樹の候補作

一九八〇年代、昭和が終わるまでの芥川賞は、「該当作なし」の時代である。昭和五十五年（一九八〇年）上半期の第八十三回の「該当作なし」に始まり、八十六回、八十七回、八十九回、九十一回、九十三回、九十五回、九十六回が「なし」である。つまり、八十三回から九十六回の十四回の選考会で、受賞作が出たのが六回なのに対して、「該当作なし」が八回という狭き門で、「芥川賞・冬の時代」だった。

「該当作なし」で受賞を逃した作家は多い。群像新人文学賞作品「風の歌を聴け」でデビューした村上春樹もその一人である。〈フィッジェラルドの「他人と違う何かを語りたければ、他人と違った言葉で語れ」という文句だけが僕の頼りだったけれど、そんなことが簡単に出来るわけはない。四十歳になれば少しはましなものが書けるさ、と思い続けながら書いた。今でもそう思っている〉。群像新人文学賞の受賞のことばにそう冷めた調子で記した村上春樹の作品は、文芸評論家の佐々木基一、作家の佐多稲子、島尾敏雄、丸谷才一、吉行淳之介という五人の選考委員から群像新人文学賞にそろって推された作品だった。

カート・ヴォネガットやブローティガンなど新しいアメリカ文学の強い影響をこの作品からかぎとった丸谷は〈その勉強ぶりは大変なもので、よほどの才能の持主でなければこれだけ学び取ることはできません。昔ふうのリアリズム小説から抜け出さうとして抜け出せないのは、今の日本の小説の一般的な傾向ですが、たとへ外国のお手本があるとはいへ、これだけ自在にそして巧妙にリアリズムから離れたのは、注目すべき成果と言つていいでせう〉と絶賛し、〈この新人の登場は一つの事件です〉とまで記している。吉行も〈あえていえば近来の収穫である〉としている。

芥川賞の選考委員に新しく加わった丸谷、吉行の二人の評価を考えれば、芥川賞の有力候補と考えられたが、そうはならなかった。「風の歌を聴け」を候補にした第八十一回の受賞作は、重兼芳子の「やまあいの煙」と青野《あおの》聰《そう》「愚者の夜」の二作で、村上春樹を積極的に推したのは丸谷一人だった。この回では吉行は、だれにも票を入れておらず、〈芥川賞というのは新人をもみくちゃにする賞で、それでもかまわないと送り出してもよいだけの力は、この作品にはない〉としたからだ。

むしろ厳しい選評にさらされた。〈外国の翻訳小説の読み過ぎで書いたような、ハイカラなバタくさい作だが……。（中略）しかし、異色のある作家のようで、私は長い眼で見たいと思った〉と評したのは瀧井孝作で、大江健三郎の場合には、村上春樹の名も作品名もあげず、〈今日のアメリカ小説をたくみに模倣した作品もあったが、それが作者をかれ独自の創造に向けて訓練する、そのような方向づけにないのが、作者自身にも読み手にも無益な試みのように感じられた〉と言い切っている。

十人の委員のうち、井上靖、開高健、丹羽文雄、安岡章太郎、中村光夫の五人は、「風の歌を聴け」について一行も触れていないのも特徴で、つまりほとんど話題にならなかった。この回の司会を担当した半藤も、村上春樹についての話題は、ほとんど記憶にないという。

一九八〇年代のスタートとなる第八十三回芥川賞。村上春樹は、「一九七三年のピンボール」で二度目の、そしてこれが最後になる芥川賞候補になったが、ここでは最後の三作に残りながら、「該当作なし」という結果に終わり、再び落ちている。

今回、該当作がなかったのは、いつもにくらべて特に不作だったからというわけではない。ここのところ文学の世界では、寒冷前線が張り出したようなことになっているらしく、どこもかしこも年々、不作であるらしい。

こう選評した安岡章太郎は、村上春樹作品には一顧だにせず、中村光夫は〈ひとりでハイカラぶつてふざけてゐる青年を、彼と同じやうに、いい気で安易な筆づかひで描いても、彼の内面の挙止は一向に伝達されません〉と厳しかった。

丸谷はこの回でも推し、〈古風な誠実主義をからかひながら自分の青春の実感である喪失感や虚無感を示さうとしたものでせう。ずいぶん上手になつたと感心しました〉と選評している。注目されるのは、「風の歌を聴け」の選評で、村上春樹の方向づけを〈無益な試み〉とした大江が、〈カート・ヴォネガットの直接の、またスコット・フィッツジェラルドの間接の、影響・模倣が見られる〉この作品を、一転、〈他から受けたものをこれだけ自分の道具として使いこなせるということは、それはもう明らかな才能というほかにないであろう〉と評価にまわっていることだ。君子豹変ではないが、新たな援軍の登場も、多勢に無勢の結果に終わり、賞には及ばなかった。

八〇年代の「芥川賞・冬の時代」の最初となるこの回で、村上春樹作品とともに最後の三作に残ったのは、尾辻克彦「闇のヘルペス」と丸元淑生《まるもとよしお》「羽ばたき」。尾辻は次の八十四回に三回目の候補となる「父が消えた」で受賞するが、別名の赤瀬川原平のほうが有名だろう。ベストセラー『老人力』や前衛芸術など、多彩に活躍したが、平成二十六年、惜しくも亡くなった。

そして、〈他の二作をかなり上まわる票を得たので、授賞作にきまったとおもっているうちに、佳作ということになった〉（吉行淳之介）という「羽ばたき」の丸元は、後に『丸元淑生のシステム料理学』で売れっ子料理研究家となる。つまりは三人ともそれぞれの道で個性を開花させる。「冬の時代」の始まりは、今から考えると、やがて来る春の時代の訪れを予兆していた。

ただし、未来のことは、当時の本人にはなかなかわからない。この時期の村上春樹は、まだ作家としてやっていける自信が確立していなかった。落選の翌年に出した村上龍との対談集『ウォーク・ドント・ラン』では「いまは書いていますね。まあ、三、四年先も書いてるだろうと思うわけ。ただ、十年先となると、ほんとにわかんない。そういう不安を抱えながら、ものなんて書けないよ。ダメならダメで、飯食っていけるあてがないと、ダメですね」と告白している。

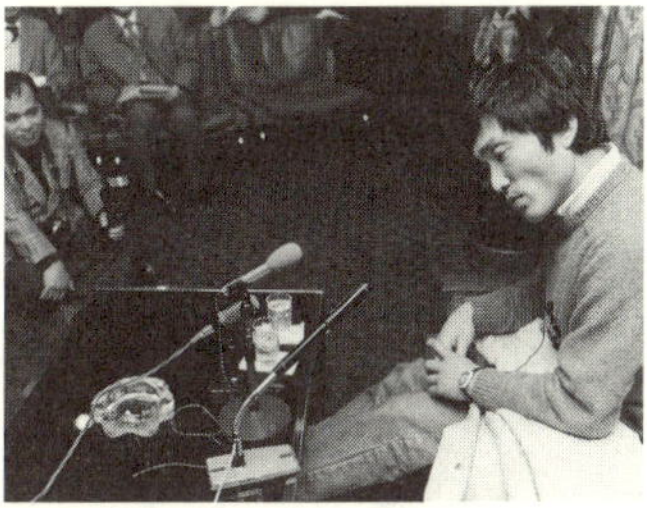
受賞会見する尾辻克彦

三作目の『羊をめぐる冒険』（八二年）で野間文芸新人賞を受け、『世界の終りとハードボイルド・ワンダーランド』（八五年）では谷崎潤一郎賞、そして八七年の『ノルウェイの森』がミリオンセラーになるなど、村上春樹は八〇年代の寵児となった。文声も確立し、読者の心もつかんだことを考えれば、デビューの頃の不安は、嘘のようである。そして、川端、大江のノーベル文学賞以降、日本人ではノーベル賞に近い作家とされる今日から見れば、村上春樹の二度の芥川賞落選は、落ちたというより、芥川賞選考委員が、村上春樹という作家を拾い損ねたというようにも見える。

現に、池澤夏樹は、「該当作なし」だった第百四十二回の選評で、

〈かつて芥川賞は村上春樹、吉本ばなな、高橋源一郎、島田雅彦に賞を出せなかった〉とわざわざ特記している。では、なぜ出せなかったのか。若い世代の作家と、選考委員の世代との文学観に隔たりが、かつてないほどに大きくなっていたことも原因にあるように思われる。

村上春樹は『世界の終りとハードボイルド・ワンダーランド』を出した八五年に評論家の川本三郎を聞き手とした特別インタビュー「『物語』のための冒険」（『文學界』昭和六十年八月号）でこう答えている。

川本　従来の小説は、作者と言葉とのあいだの距離がわりとなかったように思うんです。言葉がそのまま作者の思い入れであり、怨念であり、絶望である。感情のこもった文章というか、言葉がいろんなものでギューギュー詰めになっていると思うんですが、村上さんの場合は、言葉を一種の他人と見てて、言葉を積み木細工のように選《よ》り集めて創っていく。（以下略）

村上　それは結局僕の中に何か書きたいと欲求があったにもかかわらず、書くべきことがなかったせいだと思うんです。これは書きたくない、あれも書きたくないとどけていくと、玉葱の皮むきじゃないけれど、何ひとつ題材が残らなかった。（笑）何を書いていいかわからない。じゃあとにかく一九七〇年というポイントに時代を設定して、とにかく好きに言葉を並べてみよう、それで何が表現できるかを見てやろうということだったと思うんです。今にして思うに。たとえどんな風に言葉を並べてみても、それを並べるのは僕自身なんだから、僕自身の意識みたいなものは必ずそこに出てくるはずだという気があったんですね。

この二年後の『文學界』昭和六十二年二月号で行われた吉行淳之介、水上勉、開高健、三浦哲郎、田久保英夫、古井由吉という六人の芥川賞選考委員の座談会「芥川賞委員はこう考える」を読み比べると、言葉と小説をめぐる文学観は、村上のそれとは、かなり遠く離れていることがわかる。

古井　案外ね、今の人間に私の情が薄いってことが言えるんじゃないかしら。
吉行　ああ、そこだな。
田久保　その「私」ってのは今までいわゆる〝私小説〟というような面で考えられたものではなくてね、その文章を通して表していくべき「私」でしょう。その辺の内発的なものが薄いから、それが文章に表れてくるということでね。

三浦　自分にこだわらなくなったのね。なにも〝私小説〟という意味じゃなくて……。
田久保　そこにね、かなりの問題があるんじゃないかな。
古井　欠落感を書くにもよっぽど我が強くないとね。我が強くないと、否定的なことも書きにくいんじゃないかなァ。
開高　確かにエゴの度合、エゴの振幅度は浅いね。それは確かだ。多情多恨でなくなってる。

「書くべきことがなかった」という村上と、若い作家の多情多恨の少なさを嘆く委員との距離はかなり大きかった。
村上春樹は平成二十六年二月発行の『モンキー　vol.2』で書いた「職業としての小説家　第二回　文学賞について」で、芥川賞に二度候補になり、二度落選したあとで、まわりの編集者たちから「これでもう村上さんはアガリです。この先、芥川賞の候補にはなることはないでしょう」と言われた頃を回想している。

でもアガリになったからといって、別にがっかりすることもなかった。かえってすっきりしたというか、芥川賞についてもうこれ以上考える必要がなくなった、という安堵感の方が強かったように思います。

そして、中でも、いちばん気が重かったのは、落ちると、みんなに「今回は残念でしたね。でもきっと次は絶対にとれますよ。次作、がんばって下さい」と慰められることだったと書いている。

そのうえで、村上は、芥川賞というのは、あくまで新人レベルの作家に与えられる賞だから、〈客観的に見て、そんなに毎回マスコミあげて社会行事のように大騒ぎするレベルのものでもないんじゃないかと、僕なんかは思います〉と書く。川端と同様、新しい文学を目指す作家として、至極まっとうな感想ではないだろうか。

「なし」の代名詞　開高健

毎回のように新人賞の芥川賞に大騒ぎするのを「やれやれ」という感じで見ていたのは、ひとり村上春樹だけではなく、当時の選考委員も同じだった。昭和五十六年上半期の第八十五回の選評では、遠藤周作が、年に二回選考する芥川賞の方式を改めるように選評で提案している。〈私は芥川賞は年に一回で充分だと最近思う。授賞作品など、そう滅多に出ないほうがよいような気がしている。なにしろ新人賞があっちにもこっちにもあるのだ、そうでないと芥川賞の水準が低くなる〉。「該当作なし」だったつづく第八十六回では、今度は遠藤の文学仲間の安岡章太郎が厳しかった。

「芥川賞は文壇登竜の東大」といふメイ文句で、文学賞の宣伝につとめたのは、一と昔か二た昔まへの雑誌「文學界」である。文壇の「東大生」をあつめることが、文運の隆昇に役立つものかどうかは知らない。しかし、あらゆる文芸雑誌が新人賞の名目でおこなつてゐる懸賞小説の数かずは、作品の質を高めるものでは決してなく、文学をただの空騒ぎのタネにすることに終つてゐるのではないか。

「該当作なし」の第八十九回では、こんどは丸谷才一が嘆きに嘆いている。

候補作八篇、読み終えるのにずいぶん苦労した。個性があるものは文章が悪く、文章のいいものは個性が弱く、新味のあるものは作りがデタラメで、作りがきちんとしているものは古臭く……読んでいてすっかり厭になってしまうのである。小説というのはすこしおもしろければすぐ夢中になって引きずりこまれるものなのに、そういうことは今回はなかった。

そして、「該当作なし」の第九十一回では遠藤周作がダメ押しした。

それからこの際、はっきり言っておきたいが芥川賞は、スタート賞である。これから長距離競走がはじまり、長い苦しい文学のマラソンがつづく。赫《かがや》かしい新人賞だからおめでたいことはおめでたいが、大文学賞でも何でもない。それを当夜、候補作家の家にたくさんのテレビが撮影しにいくのは悪趣味であり、見ていて実に御当人に気の毒だ。大傑作の賞でもないのだから、この際御当人の記者会見などやめたらどうだろう。わざわざテレビのニュースになるほどの社会的話題でもないと思うが。

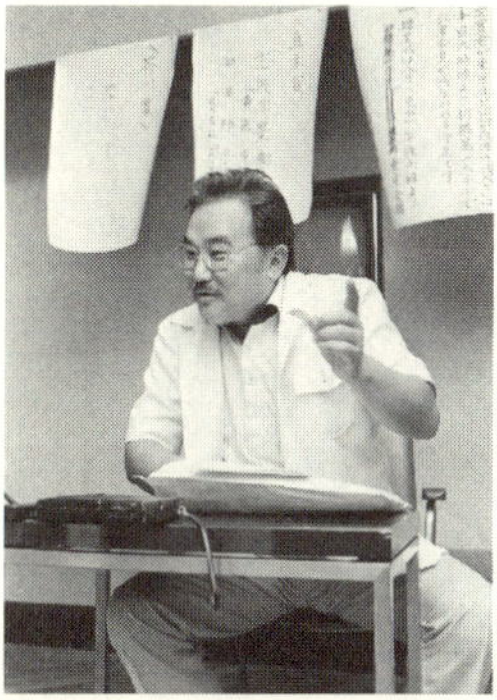

該当作なしの選考経緯を語る開高健

こうした厳しい選考委員が多い中、ほぼ毎回のように〈鮮烈の一言半句がどこにも見つからない〉として「該当作なし」を主張したのが開高健だった。司会をする『文藝春秋』編集長もかなり閉口したらしい。

半藤一利は、「とにかく賞が出るか、出ないかで、『文藝春秋』の売れ行きは全然違いますからね。部員からは、半藤さん、今日の司会、頑張ってと激励されて、選考会場に送り出されるのだから、こちらとしては何とか賞を出したい。それが、開高さんは、毎回のように、『活字が立っていない』と厳しく論評したうえで『なしです』の連続。だから開高さんにはなるべく意見を聞かないようにしていたんですが、それを察知するや開高さん、『オレ、オレ』って手を挙げながら今度はオレに意見を聞けって主張するんですよ。まったく参りました。あからさまに『なんとか賞を出してもらえませんか』と口に出せば、選考委員から、『なにも君たちの雑誌のためにやっているんじゃない』と怒鳴られるのは目に見えていますしね。司会者ってのは、本当に大変なんです」と語る。

ただ半藤の場合、「僕は二時間でも三時間でも正坐していても平気だから、背筋をきっと伸ばしたまま最後まで議論してもらったので、僕が司会のときは、『該当作なし』は一回だった。粘ることが結構大事なんですよ」というが、彼が司会を退いてからは、開高の「なし」攻撃に、「該当作なし」が急速に増えていく。

「該当作なし」の第八十六回では〈今回は予選通過作品が八作もあったのに、○をつけられるのが一つもない〉〈八作を通じて共分母としていえること。一言半句のユーモアもウィットも見られないこと。黒い絶望の笑いも赤い怒りの笑いもない〉。

二回連続「該当作なし」となった第八十七回では〈おそらく〝才能〟などと呼べるものには

七年に一度か十年に一度くらいしか出会えないものと、かねがね覚悟してある。ちょっと小器用だというだけのことでたちまちスター騒ぎになるのが現代ニッポンの全分野に見られる白痴現象だが、何の放射能も感じられない。文学のフィールドでも、もう十年か十五年ぐらい零度の不能症が続いていて、これ以下に陥ちこみようのない空白ぶりである〉と嘆きに嘆いた。

開高がそれなりに評価したのは、昭和六十一年下半期の第九十六回で候補になった山田詠美「蝶々の纏足」など数えるほどしかない。

この開高が最後に選評を書いたのは平成に入って最初の選考会となる第百一回。これまたボヤキで終わった。

今回はざんねんながら受賞作ナシと小生は見ます。毎度のことながら新人諸君の文体とヴォキャブラリーの古めかしさにおどろかされつつ、うんざりです。新しき戦慄はどこへいったら出会えるのでしょうか。

「冬の時代」に登場したスター

この「該当作なし」が多かった「冬の時代」の八〇年代に候補になりながら芥川賞に至らなかった有名作家は村上春樹に限らず、数多い。芥川賞の現選考委員の島田雅彦、山田詠美に始まり、現在は大佛次郎賞選考委員の佐伯一麦《さえきかずみ》、そしてデビュー作「キッチン」が世界的ベストセラーになった吉本ばななは、二回候補になり、落ちている。しかし、彼らのその後の活躍を見ればわかるように、芥川賞を落ちても活躍する作家は多い。先に紹介したエッセイ「文学賞について」で、村上春樹はこう書いている。

> 芥川賞をもらわなくて損したことが何かあったかと質問されると、どれだけ頭を巡らしても、それらしきことはひとつも思いつけません。じゃあ得をしたことはあったか？　どうだろう、芥川賞をもらわなかったせいで得をしたということも、とくになかったような気がします。
>
> ただひとつ、自分の名前の横に「芥川賞作家」という「肩書き」がつかないことについては、いささかありがたく思っているところがあるかもしれません。あくまで予想に過ぎないのですが、いちいち自分の名前のわきにそんな肩書きがついたら、なんだか「お前さん芥川賞の助けを借りてこれまでやってこれたんだ」みたいなことを示唆されているようで、いくぶん煩わしい気持ちになったんじゃないかという気がします。今の僕にはとくにそれらしい肩書きが何もないので、身軽というか、気楽でいいです。ただの村上春樹である（でしかない）というのは、なかなか悪くないことです。少なくとも本人にとっては、

そんなに悪くないです。

なぜ、芥川賞を取らなくても、編集者は彼らに注目し続け、作品を次々と掲載したのか。もちろん、人気や実力もあるが、八〇年代の文学賞では、昭和五十四年度（一九七九年度）に始まり、第一回の受賞に津島佑子の「光の領分」を選んだ野間文芸新人賞（財団法人「野間奉公会」、現在は一般財団法人野間文化財団主催）の果たした役割が大きい。芥川賞の選考委員は代々作家が中心だが、この賞は、秋山駿、上田三四二《うえだみよじ》、大岡信《おおおかまこと》、川村二郎、佐伯彰一という文芸評論家を中心とした五名の選考委員で構成され、津島をはじめ、芥川賞を取らなかった実力派を次々と受賞させた。

八〇年度　立松和平「遠雷」▽八一年度　宮内勝典「金色の象」、村上龍「コインロッカー・ベイビーズ」▽八二年度　村上春樹「羊をめぐる冒険」▽八三年度　尾辻克彦「雪野」▽八四年度　青野聰「女からの声」、島田雅彦「夢遊王国のための音楽」▽八五年度　中沢けい「水平線上にて」、増田みず子「自由時間」▽八六年度　岩阪恵子「ミモザの林を」、干刈《ひかり》あがた「しずかにわたすこがねのゆびわ」▽八七年度　新井満「ヴェクサシオン」▽八八年度　吉《よし》目木《めき》晴彦《はるひこ》「ルイジアナ杭打ち」▽八九年度　伊井直行「さして重要でない一日」▽九〇年度　佐伯一麦「ショート・サーキット」

このうち、芥川賞作家になるのは、村上龍、尾辻克彦、青野聰、新井満、吉目木晴彦だが、ほかは芥川賞からは漏れた作家たちである。文芸を担当する新聞記者は、野間文芸新人賞や、これに続いて八八年に始まり、第一回で高橋源一郎の『優雅で感傷的な日本野球』を選んだ三島由紀夫賞（新潮文芸振興会主催）も芥川賞に並ぶ有力な新人賞として見ているが、知名度、影響度では、芥川賞が断トツである。だからこそ、芥川賞は有名税を払わされる。

一九八三年上半期でデビュー作「優しいサヨクのための嬉遊曲」が候補になり、大江健三郎から〈村上春樹がアメリカの現代小説の「話法」をみちびいて仕事をつづけているように、この若い作者はたくみにあやつることのできる当の「話法」で、次つぎに軽やかな戦慄をあじわせてくれるかもしれない〉と評価されながらも、やはり「該当作なし」で落選した島田雅彦は、公然と芥川賞を批判した一人だった。この時、東京外国語大学在学中だった「文壇の若き貴公子」はこれ以降、合計六回候補となり、阿部昭の最多落選記録に並んだが、うち五回は「該当作なし」。八〇年代の芥川賞の最大の被害者だけに、若い頃から芥川賞には批判的で、アンチ文学賞の発言を繰り返していた。

年を重ねても、芥川賞への怨念にも似た思いは消えていない。『有鄰』平成二十三年五月十日号に載った「芥川賞との因縁」では、〈うち五回が受賞作なしという結果に終わったことについては今も納得がいかない。むろん、選考というのは天候や個々の選考委員の気分など偶然によって左右されることも多いが、受賞者が出ない、あるいは出さないというのは、「いじめ以外の何物でもない」と歯ぎしりした覚えがある〉と回想している。

六〇年安保、七〇年安保といった学生運動が終焉し、八〇年代になると「政治の季節」が終わり、世代を特徴づけるものは、戦争や政治的体験ではなく、子供の頃に見ていたアニメ番組などに取って変わられるサブカルチャーの時代に、島田は第一世代として登場したという認識がある。だからこそ島田は、この文章で、〈私は先行世代の作品にあった純文学的深刻さなんて、本当は肌に合わなかったのだ〉とも書いている。時代の子という意識があった島田は、時代を映す鏡でもある芥川賞の選から漏れた。芥川賞という時代を映す鏡も、時には曇ることもある。しかし、その落選劇が、ジャーナリズムの好個の話題になるのは、日頃は小説を読まなくても、芥川賞には関心を抱く人が多いからである。

但し、芥川賞の神通力の低下を指摘する声もある。村上龍は、著書『寂しい国の殺人』（平成十年刊）で記している。


わかりやすい例として、芥川・直木賞とレコード大賞がある。この十年間の芥川・直木賞の受賞者を十人あげてみろ、と文芸編集者に質問してもほとんど答えられない。僅かな例外を除いて、受賞作品がベストセラーになることもなくなった。この五年間のレコード大賞にしても同じことだ。国民的な賞を設定して、国民へ「励み」を与える。国民は受賞者を讃え、尊敬する。というような構図は近代化途上にある国のものだ。レコード大賞にしても、役目は終わっているのだ（以下略）

芥川賞は、こう記した村上龍を平成十二年上半期から選考委員に迎えた。二十三年上半期には芥川賞に批判的だった島田に選考委員を委嘱した。

受賞を逃した作家をも選考委員として待遇するのは、第一回の落選者、高見順を委員にして以来の芥川賞の伝統で、高見順、黒井千次、山田詠美につづく四人目だった。

芥川賞は、その貪欲さゆえに命脈を保ってきたのである。

第6章　聾甏者と芥川賞

「太陽の季節」で受賞した石原慎太郎（当時23歳、左）と
直木賞受賞の新田次郎（中央）、邱永漢（右）

大江健三郎の田中康夫「なんクリ」評

高橋　この前、文藝賞の授賞式があって、今年は山崎ナオコーラの『人のセックスを笑うな』と白岩玄の『野ブタ。をプロデュース』が取った。随分おもしろかったです。
山田　選考委員をやっているんだっけ？
高橋　今年からなんだけど、おもしろかったのは、同じ選考委員に田中康夫君が入っているんです。（中略）彼の授賞式でのあいさつがおもしろかった。さすが県知事（笑）。新人賞なので、新人に必要なものは何かっていう話をしたんだけど、それは「若者でバカ者でよそ者」だって言うんだね。何てうまいことを言うんだと思って、思わず拍手しちゃったけど。「若者でバカ者でよそ者」って、新人の条件として必要にして十分といっていいと思う。よく考えると、我々も「若者でバカ者でよそ者」だったけど。
山田　確かにそうでした。

高橋というのは昭和五十六年の群像新人長篇小説賞優秀作に選ばれた「さようなら、ギャングたち」でデビューし、蓮實《はすみ》重彦《しげひこ》や吉本隆明らから高い評価を受けて以来、日本のアヴァン・

ポップ文学の旗手とされるが、なぜか芥川賞候補に一度もなっていない高橋源一郎。山田とは、文藝賞を受けた『ベッドタイムアイズ』で、江藤淳から、同じく黒人兵を描いた大江健三郎の芥川賞受賞作「飼育」を思い出させる〈傑出〉した作品と評価されながら、芥川賞では三度落選した山田詠美である。この平成十六年に行われた対談を収録した本の名前は『韃靼文学カフェ』である。

そして、件の発言をした元・長野県知事の田中康夫も、一橋大学在学中に書いた「なんとなく、クリスタル」で、江藤淳から選評で、〈まことに才気煥発、往年の石原慎太郎と庄司薫を足して二で割った趣きがある。後世畏るべしというほかあるまい〉と評価され、昭和五十五年度文藝賞を受けた作家だった。バブル経済前の東京の風俗を、たくさんのブランドやレストランの名前をちりばめてしなやかに描き、江藤は、〈この小説に付けられた２７４個の注は、「なんとなく」と「クリスタル」とのあいだに、「、」を入れたのと同じ作者の批評精神のあらわれで、小説の世界を世代的、地域的サブ・カルチュアの域に堕せしめないための工夫である〉と評価した。このミリオンセラー小説も、芥川賞では韃靼を買って落ちた。選評で、作品に論及したのは大江健三郎ただ一人、明らかに江藤の発言を意識した辛辣な選評だった。

田中康夫氏『なんとなく、クリスタル』は、風俗をとらえて確かに新鮮だが、風俗のむこうにつきぬけての表現、つまりすぐさま古びるのではない文学の表現にはまだ遠いだろう。多くの註をつけることで、作家としての主人公への批評性を示したという評価も見た。しかし一般に軽薄さの面白さも否定しないけれど、文学の批評性とは、やはりもっとマシなものではないだろうか？

石原慎太郎に○をつけた人、×をつけた人

「顰蹙」という蔑称を「新しい文学」の代名詞と考える意欲的な企画本『顰蹙文学カフェ』は、話題になった。帯には〈嗚呼、ヒンシュクの人。その名は文士…〉という文章があった。

そして、芥川賞史上で元祖・顰蹙文学の主といえばこの人しかいないだろう。田中の母校である一橋大在学中に湘南を舞台に戦後青年の奔放な性と生を鮮烈な表現で描いた「太陽の季節」で芥川賞を受けた石原慎太郎だ。昭和三十年に第一回文學界新人賞を受けた「太陽の季節」が第三十四回芥川賞に決まったのは、経済白書が「もはや戦後ではない」と宣言した昭和三十一年である。ただ、芥川賞を社会的事件にした受賞劇は、意外にも静かな始まりだった。

この日の夜のことを石原は「雪の夜八時半を過ぎた時計を眺めながら、もう決定した筈だと思うと、急に訳もなく受賞に百パーセント自信が持たれたり、次の瞬間全然見込みなく思えて甚だ自分が情けなかった。九時近く知人の新聞記者から電話で受賞を知らされた時は、突き抜

けるような嬉しさが体を走った」と、受賞のことばで描写している。そして、神奈川県逗子の自宅に戻ると、家にはただ一人、顔見知りの湘南に住むある通信社の記者が祝いにやってきて、母と弟（石原裕次郎）とで祝杯をあげていた。そして、門を入ったところにあった藤棚の柱に弟が、「よくやった、兄貴」と筆で記した紙がぶらさがっていた。書きおろし長篇『弟』の印象的なシーンである。当時は今日のようにホテルでの受賞会見はなかったのだ。

新聞も地味な扱いだった。朝日新聞は一月二十四日付け朝刊社会面で、「芥川賞　石原氏　直木賞も決る」とのベタ見出しで、事実関係のみ十九行で報じている。読売新聞は、石原と、直木賞の邱永漢《きゅうえいかん》、新田次郎の顔写真を掲載したもののやはり扱いはベタだった。

それでも現役大学生の初の芥川賞作家の誕生を注目し、読売新聞は、翌二十五日朝刊の「時の人」欄で石原の横顔を書いている。〈五尺七、八寸、すらりとした浅黒の美男子。理知的なひとみがナイーブな光を放つチョット三島由紀夫ばり〉と紹介し、末尾には〈一橋大でサッカーの選手、就職先は東宝と決まっているが、宮仕えは気がすすまず、ボクシングのレフェリーになりたいともらし友達を驚かせた。現住所逗子市桜山二四〇五、母、弟裕次郎君（二一）（慶大法学部二年）との三人暮し〉とあった。裕次郎新聞初登場ではないか。彼が昭和のスターになると、この時、誰が思ったであろうか。

一月三十一日の贈呈式も当時、銀座の電通通りにあった文藝春秋新社の社屋で、ささやかに行われたに過ぎない。式後の記念写真には、文春の佐佐木茂索社長、池島信平専務のほか、選考委員の永井龍男と、芥川賞・直木賞受賞者三人が写っている。直木賞の二人は、膝をそろえてきちんと座っているが、石原だけは、椅子に浅く斜めに座って、両足をばあっと開いている。〈あの写真を眺める限り、私の作品が被った毀誉《きよ》褒貶《ほうへん》のいわれがよくわかるような気がする〉と石原自身が交遊録『わが人生の時の人々』で記すスナップである（第6章トビラ写真参照）。しかも、石原はこの晴れの日に、新婚旅行の旅先に花嫁を置いたまま、電車で上京して出席、その後、都内で仲間と飲み歩き、深夜タクシーで明け方に宿にたどり着き、部屋の係りの人に、新婚早々こんなことでは思いやられると説教されたという。

　主人公の竜哉が、その陽物で障子を破る場面が扇情的に注目され、「太陽族」フィーバーが起きるのは、「遂に出現した戦後文学の決定版!!」との広告の見出しで、二月発売の『文藝春秋』三月号に芥川賞が発表され、作品とともに「物議をかもしたといわれる」選評が掲載されてからの事である。それは顰蹙を買ってこそ文学の名に値する典型的な選評だった。〈如何にも新人らしい新人〉（石川達三）、〈その力倆と新鮮なみずみずしさに於て抜群〉（井上靖）という賛成もあったが、大御所の佐藤春夫の反対は、頑強だった。

　僕は「太陽の季節」の反倫理的なのは必ずしも排撃はしないが、こういう風俗小説一般を文芸として最も低級なものと見ている上、この作者の鋭敏げな時代感覚もジャナリストや興行者の域を出ず、決して文学者のものではないと思ったし、またこの作品から作者の美的節度の欠如を見て最も嫌悪を禁じ得なかった。

新しさを巡っても、〈未完成がそのまま未知の生命力の激しさを感じさせる点で異彩を放っています〉（中村光夫）という積極評価に対して、純文学の鬼、と異名をとった作家の宇野浩二は、〈案外に常識家ではないかと思われるこの作者が、読者を意識にいれて、わざと、あけすけに、なるべく、新奇な、猟奇的な、淫靡なことを、書き立てているのではないか、と思われる〉と、真っ向からの反論していた。

宇野の選評によると、〈『太陽の季節』の授賞を、終始積極的に主張したのは、舟橋聖一と石川達三の二人であり、たしかシブシブ支持したのは、それぞれ強弱はあるが、瀧井孝作、川端康成、中村光夫、井上靖、の四人であり、それに不賛成をとなえたのは、佐藤春夫、丹羽文雄、宇野浩二、の三人である〉。

選考会も荒れに荒れた。元『文藝春秋』編集長の鷲尾洋三と、『文藝春秋』編集部の新人で、芥川賞選考委員の評価○×△をつける集計係の手伝いとして選考会に陪席した作家の半藤一利は、大論戦を目の当たりにしている。鷲尾の『回想の作家たち』によると、彼がその日担当だった直木賞の会議をのぞいてから、同日同刻に別の部屋で行われていた芥川賞の座敷に入ると、〈議論が白熱の極点に達しているのが、ピリリと皮膚に感じられた〉という。

この小説には「美的節度が欠けている」と受賞に反対しつづけた佐藤に対して、特に意見が鋭く対立していた委員が「美的節度がないというのはどういう点ですか？」と問いただしたのに対して、佐藤が勢い余って、「それは君の書いている小説の云々」と批判したため、こじれてしまったというのである。

それから時間がたち、座の空気が少し落ち着いてから、委員になって一年ほどの井上靖が、「佐藤先生。わたしは、〝太陽の季節〟は瑕瑾《かきん》はあるにせよ、立派な作品だと思います。ぐんぐん伸びる可能性がある作家だと思います。わたしはこの作家の授賞に賛成です」と語った。平静な口調だが、少し固い切り口上であったという。当時、井上靖は、編集者から佐藤春夫門下の高足と目されていた流行作家だった。

これに対して、「佐藤先生は、『ブルータス、お前もか』といった表情で、ただひと言『君もか』と語り、黙ってしまった」。これは半藤の回想である。

「太陽の季節」の場外乱闘

石原慎太郎は、〈当時は新しい風俗に対する顰蹙があったんですね。その風俗を裏打ちしている時代の感性みたいなものが、その時の選考委員にとっては叛逆的に映ったんでしょう〉と振り返っているが（『文藝春秋』平成二十六年三月号）、齟齬は、文壇の中だけにとどまらず新聞紙上にも波及し、場外乱闘になった。

〈これに感心したとあっては恥しいから僕は選者でもこの当選には連帯責任は負わないよと念を押し宣言して置いた〉と選評に記した佐藤は、決定がよほど気に食わなかったのか、二月八日の読売新聞に「良風美俗と芸術家　不良少年的文学を排す」という文章を発表。さらに同紙二月九日文化面では、文芸評論家の亀井勝一郎が、「賭博的作品の一典型」と問題視し、「不良少年少女の性の遊戯が、相当あけすけに描かれていて、さばさばとエネルギッシュにみえるが、その下心は現代センセーショナリズムへの媚態にすぎない」と酷評した。

これに対し、芥川賞の選評で、〈今回はこの一作しかないと思って、委員会に出席した〉〈彼の描く「快楽」は、戦後の「無頼」とは、異質のものだ〉と評価した舟橋聖一が、二月十三日の同紙上に「文学か道学か　若い世代の才能について」と題して応戦。「快楽を邪悪視する思想」は「現代の迷信」と反論するに至り、作品は社会的論議の的にまでなった。

太陽の季節
—あなたア、あの子このごろ心配だワ…

——なアに、そのうちに芥川賞をもらうさ

（日立・彦星）

読売新聞夕刊の読者投稿ミニコラム「ほがらか天国」には二月二十四日、こんな文章が載った。「太陽の季節」はお茶の間の話題もさらった。「背徳か、新しいモラルか、芥川賞が世に投じた一大波紋！　大人への不信を真向から叩きつけて不逞にも躍り出た、悪漢小説!!」――三月に出版された単行本は、若者の支持を受けてベストセラーになり、弟の裕次郎のデビュー作となる日活映画も公開されるに及び、騒動は過熱していく。青年たちの無軌道な犯罪は「太陽族高校生が乱闘」などと新聞の見出しになり、映画は未成年観覧禁止の声もあがる。一方、背が高く二枚目の石原は、歩けば女性から「慎ちゃん」と声をかけられ、「慎太郎カット」が流行した。芥川賞選評が、毀もなく貶もなく、ただ「太陽の季節」の栄誉をたたえ、褒めるだけであったら、これほどまでの話題にはならなかったのではないか。

顰蹙を買うことの文学的な価値を誰よりも自覚していたのは、ほかならぬ石原自身だった。石原は同年九月、「青年は確実な証券を買ってはならない」というコクトーのエピグラムをつけたエッセイ「価値紊乱者の光栄」を発表、〈我々の世代が現代に持つ意味は、我々が共通して抱く、既成価値に対する不信とある面では生理的な嫌悪である。それこそ我々の世代の新しさであり若さであるはずではないか〉と書いていたのだ。

価値紊乱者として登場した新人が、社会的にも話題になるとわかるや、ジャーナリズムは、にわかに新人に注目を始める。

「『文學界』をぐーんと変えまっせ」

「太陽の季節」を第一回文學界新人賞に選んだ文芸誌『文學界』は時流を見るに、動きは敏だった。文學界新人賞の創設に際して、〈「文學界」の使命と責任は、時代の求める新人を発見育成し、新風を文壇に送ることに大半懸ってあるのです〉という宣言をした同誌は、このチャンスを逃さず、第三回文學界新人賞を「不法所持」で受けた菊村到に即座に次作を依頼。「硫黄島」で昭和三十二年上半期の第三十七回芥川賞で攫い、その後もあの手この手で有力な新人を次々にスカウトしていった。

文芸評論家の平野謙は毎日新聞の同年七月の文芸時評で「東京大学新聞」に五月祭受賞作として掲載された大江健三郎「奇妙な仕事」を「私はこの若い学生の作品を、今月の佳作として、まず第一に推したい」と評価し、翌八月の時評では、「今月第一等の快作は、開高健の『パニック』（新日本文学）である。すこし誇張していえば、私はこざかしい批評家根性など忘れはてて、ただ一息にこの百枚の小説を読み終った」と激賞する。

『文學界』はこの論評に即座に反応し、同年八月に大江の文壇デビュー作「死者の奢り」を掲載したのに続き、開高の「裸の王様」など二人の秀作を次々に獲得、翌三十三年の二月には開高「裸の王様」が大江の「死者の奢り」と大接戦のうえ芥川賞を受賞、八月には大江「飼育」というこれまた『文學界』掲載作が芥川賞を受けた。『文藝春秋の八十五年』は〈編集者冥利に尽きる一年だっただろう〉と記している。

『文學界』の精力的な新人発掘を主導したのは編集長の上林吾郎だった。京都出身で関西弁の上林は、開高の回想によると「〝いらち〟の典型で、五分間もひとところにジッとすわっていられない。多面的精力の権化みたいな人物」で、印象はといえば、いつも、翔んでいくその小兵の後姿ばかりが浮上してくる人物だったらしい。この上林と、慶應義塾大学の大学院に籍を置いていたまだ二十代の新人文芸評論家、江藤淳が会ったのは昭和三十二年の初秋、江藤が『文學界』に「奴隷の思想を排す」を発表した前後だった。

銀座の旧電通通りにあった文藝春秋新社の廊下で、忙しそうに小柄な丸い体を傾げて江藤の前にやって来た上林編集長は、「江藤さん、見てて下さい。『文學界』の誌面を思い切って変えまっせ。ぐーんと変えまっせ」。そう語ると、そのままそそくさと、ドアの向うに姿を消してしまったという。

江藤は、『文學界』の創刊五十周年を記念した昭和五十八年十月号の「『文學界』との四半世紀」で当時を回想している。それは〝石原ショック〟による文学の世界の激変ぶりと、今日につづく新人発掘システムの誕生を見事に分析している。

「江藤さん、『文學界』の誌面を思い切って変えまっせ。ぐーんと変えまっせ」

という上林吾郎編集長の宣言は、いうまでもなく『太陽の季節』の出現によって生じた状況の変化を背景にしていた。換言すれば、（中略）純文学作品といえども、無名の新人の小説といえども、ひとたび芥川賞・直木賞を受賞すれば、たちまち数万部、いや数十万部のベストセラーとなり得る。逆にいえば、『太陽の季節』の出現と疾走は、少くとも数万人乃至数十万人と推定される文芸作品の新しい読者が、すでに確実に存在していることを編集者に自覚させたのであった。

新人発掘のシステム化は、このような一連の認識と洞察と自覚から生まれた。具体的にいうなら、それは、文學界新人賞への応募原稿と、全国同人雑誌優秀作を車の両輪として、「文學界」を、いわば芥川賞・直木賞作家発掘のためのパイロット・プラント化する、ということにほかならなかった。

江藤淳

従来のように同人雑誌評などを通して新人を発掘すると同時に、公募の新人賞で有力な新人作家をスカウトし、芥川賞で、世に送り出す。これにいち早く成功した『文學界』の鼻息の荒さは当時の編集後記に示されている。

☆「文學界」は日比谷高校だという説があります。一中（日比谷高校）―一高―東大という出世コースに見立てれば、「芥川賞」つまり文壇への第一階梯としては、合格率の非常に高い優秀校ということになるのでしょう。

☆最近の芥川賞受賞者の顔ぶれを見わたしても、石原慎太郎氏をはじめとして、菊村到氏、開高健氏、大江健三郎氏等々の新進作家は、いずれも「新人賞」乃至は「文學界」掲載の力作によって華々しくデビューしており、名実ともに本誌は文壇への第一段階としての位置を高く評価されているわけです。

昭和三十三年四月号のこの「編集だより」には〈「文學界」の読者は号を追って増加し、新年号から増刷を重ねてきましたが、本号もまた増刷いたしました。にもかかわらず、お求めになれない地方の方々のために、是非とも御便利な直接購読をなさるようお薦めいたします〉という文章まで載った。部数が号ごとに増えていく。今の文芸誌では考えられない現象だった。

他社も指をくわえて見ているわけにはいかなかった。中央公論が昭和三十一年に中央公論新人賞を創設、第一回の受賞作に深沢七郎「楢山節考」を選びベストセラーになったほか、第三回では福田章二（庄司薫）の「喪失」を世に送り出す。そして、講談社が昭和三十三年に群像新人文学賞、河出書房新社も三十七年に文藝賞、昭和四十四年には新潮社が「新潮新人賞」、さらに集英社が五十二年に「すばる文学賞」、五十七年には福武書店（現・ベネッセホールディングス）が文芸誌『海燕』の創刊と同時に「海燕新人文学賞」（平成八年で中止）を始め、各社は芥川賞候補になる新人の発掘に躍起となった。

柴田翔、庄司薫もヒンシュクを買った

柴田翔は同人誌から登場した若きスターだった。昭和三十五年に同人誌『象』に発表したデビュー作「ロクタル管の話」が『文學界』に転載され、芥川賞候補になった柴田は、東京五輪が開催された昭和三十九年、『象』に発表した「されどわれらが日々——」で第五十一回芥川賞を受賞、作品はミリオンセラーになり、若者たちを熱狂させた。小説は、四百字詰め原稿用紙で二百八十枚もあり、短篇を対象とする芥川賞としては長すぎることも問題になり、瀧井孝作は〈共産党かぶれの若い学生仲間の心持、その生活意識か何かが描かれたものだが、力はあるようだが、筆も荒っぽく、理窟ぽく、仰々しく、長すぎて、読むのに少し退屈した〉という

評もあった。しかし、石川達三の〈他の候補作品にくらべて力倆は抜群〉に代表されるように、評価は高く、高見順は、〈ひとつの世代が――現代の青春と言ってもいい、それがあざやかに描かれている。やはり近来出色の作品だと思う〉とまで記した。辛口の石川淳も〈「私たちの世代はきっと老いやすい世代なのだ」という発見に於て、青年は青年である権利を回復したようである〉と前向きだった。

東大在学中に本名の福田章二で中央公論新人賞、その後、十年余の沈黙ののち、東大闘争のあった昭和四十四年に二十日間ほどで書き上げた「赤頭巾ちゃん気をつけて」を『中央公論』に発表、第六十一回芥川賞を受けた庄司薫は華やかなスターだった。ペンネームの庄司薫とは、闘争のため東大入試が中止になったため、浪人を選んだ日比谷高校卒業生の「ぼく」、つまりは小説の主人公の名前でもある。受験戦争をはじめ様々な競争にさらされ、傷つきながら生きる若者の他者へのやさしさを、軽やかな饒舌体でつづり、これまたミリオンセラーになった。

選考委員の三島由紀夫の評価は高く、受賞作の単行本に推薦文まで寄せている。

過剰な言葉がおのづから少年期の肉体的過剰を暗示し、自意識がおのづからペーソスとユーモアを呼び、一見濫費の如く見える才能が、実はきはめて冷静計画的に駆使されてゐるのがわかる。「若さは一つの困惑なのだ」といふことを全身で訴へてゐる点で、少しもムダのない小説といふべきだらう。

丹羽文雄も〈面白い小説のジャンルでは群を抜いていた〉と評価し、瀧井孝作も〈現今の学校卒業生の生活手記で、十八歳の少年にしては余りにおしゃべりだが、この饒舌に何か魅惑される、たぶらかされる面白味があった。（中略）構成も面白く、繊細な美しさがあった〉と高評価だった。

新人の条件である韜晦も見事に買っていた。その一人は川端康成で、〈おもしろいところはあるが、むだな、つまらぬおしゃべりがくどくどと書いてあって、私は読みあぐねた〉と、そっけなく記している。永井龍男も〈まことに気がきき才筆なことは確かだが、アイスクリームのように溶けて了《しま》う部分の多いことも、この作品の特徴であろう〉と疑問を呈

柴田翔（上）、庄司薫（下）（ともに受賞時）

した。

作者は、『さよなら快傑黒頭巾』『白鳥の歌なんか聞えない』を矢継ぎ早に発表し、いずれもベストセラーになるが、またしてもしばらく沈黙。昭和五十年、「赤」「黒」「白」に続く「薫君四部作」の完結編『ぼくの大好きな青髭』を発表した。四部作は累計で三百五十万部を超えるヒットとなり、昭和の青春文学の金字塔となった。しかし、これ以降、庄司薫は再び、小説の筆をとっていないが、会えば紳士的で細やかで、楽しくおしゃべりし、今年七十八歳にして元気である。また筆を執ることを期待しているが、さて……。

こうした新人賞の乱立などによって、新人がもてはやされる姿をにがにがしく見た芥川賞選考委員がいた。舟橋聖一は「該当作なし」だった昭和三十四年下半期、第四十二回の選評で、早くも警鐘を鳴らしている。

もっとも近頃は、マスコミの扱いが派手なので、芥川賞によっても、年に二人の流行作家が作り出されるという風で、文壇の登竜門も、広くなったものだと思う。
昔は、ステップ・バイ・ステップで、一作や二作の成功では、ジャアナリズムの注文が殺到するなどということは、稀有に属した。然し負け惜しみではないが、歩一歩、エッチラオッチラと進むうち、文壇から賞められたり、けなされたり、汗を垂らして、山を登るように書いてゆく快味は捨て難いものがあった。

　要するに、小説修業の方法が、まるで変ってしまったわけだが、新人作家がマスコミの力で、あまりに便宜が与えられる今の方法は、ケーブルカーで山登りするような味気なさがあり、それよりは一作一作、足もとを踏みしめて登り、段々に紙価を生ずるようになる昔のやり方が、なつかしく思い出される。

　昭和四十一年下半期の第五十六回芥川賞は、文學界新人賞をとった二十三歳の丸山健二「夏の流れ」、五十九回は、丸谷才一の「年の残り」と、群像新人文学賞受賞作の大庭みな子「三匹の蟹」、さらに六十六回は李《り》恢成《かいせい》の「砧をうつ女」と文學界新人賞受賞作の東峰夫「オキナワの少年」と、新人文学賞の受賞は、芥川賞への近道になってゆく。同時に、新人文学賞の乱立は、新人の作品の粗製乱造とでもいうべき現象ももたらす。昭和五十年六月、文芸評論家の江藤淳は、毎日新聞の文芸時評で、一度、新人賞をやめたら、とまで提言する。

　これは、単なる文学の水位低下などというものではない。池が乾上がって底が地割れしている、とでもいった無残な眺めである。

いっそいつまでも未練がましく新人賞などを募るのをやめてしまって、しばらく天来の慈雨を待ったらどうかとさえ思われるが、それが実現できないのは多分各文芸雑誌間の過当競争の結果であろう。ウチがやめているあいだに、万一ヨソで大物新人があらわれたらどうしよう、という恐怖が、飽くことなき新人賞競争に反映しているのである。

「わけのわからんもの」と言われた中上健次「岬」

このように新人の獲得に狂奔する文学の世界を嘆いた江藤は直後に、まるで前言を忘れたかのように戦後生まれの新人に瞠目、大賛辞を贈っている。同年十月には、時評の文章すべてを中上健次「岬」一作の評価にのみ費やし、〈今月の小説のなかでは、中上健次氏の「岬」（文學界）が、断然圧倒的であった〉と激賞したのだ。

読売新聞の文芸時評で、同じく「岬」を絶賛した文芸評論家の川村二郎が、〈極言すれば、傑作が一編出現した時、すべての一般論、状況論は無力化する運命にある〉と書いている。不毛とか衰運という診断は、すぐれた作品の登場で、覆されるのが文学の歴史である。

しかし、「岬」もまた顰蹙を買った芥川賞作品（第七十四回）である。丹羽文雄の〈この作品からうける印象は強烈〉で、〈働く人間の生活感覚がにじみ出ている。作者は現実に体当りをして書いている。短いセンテンスは、一種さわやかな感じをあたえる。日本の現代小説が見失っていた小説というものを、とりかえしてくれたようにすら思った〉という意見や、中村光夫の〈年若くて、このような独自な小説世界を持つのは、ひとつの才能といえるので、これに賞を与えることは、一種の冒険ではあっても、やりがいのある冒険です〉という意見もあったが、強力な反対意見も存在した。最年長委員の瀧井孝作は〈人物がゴチャゴチャして、描写も何もない、わけのわからんものと私は見た〉と切り棄て、安岡章太郎は〈おそろしく読み難い。しかし粘着力のある筆致。旺盛な筆力がある。ただし、最後の場面は文体が浮き上り、全体を安っぽくしている〉と、積極的に推さなかった。吉行淳之介の選評によると、〈一時は「授賞作ナシ」になりかかった〉というほど韜晦を買ったのである。

「岬」を選出した第74回選考会

受賞会見の模様を伝える読売新聞の白石省吾記者による記事は、「韜晦文学」の書き手の風貌をとらえて卓抜だった。〈ホテルの受賞者会見場にあらわれたとき、すでにできあがっていた。知らせを待つ間、近くで飲んでいた酔いが決定でどっと回ったのだろう。／二十九歳。ぎりぎりではあるが、久しぶりの二十代作家の受賞である。戦後も三十年たってみれば、戦後生まれの受賞作家が誕生するのは当然である〉と書き始められた記事は、こう続く。

「底辺の人間の鬱屈した心情などとボクは思っていない。人間は人としてある、それしか仕方がないじゃないか。意味もなしに、ここに生身の人間が生きている。その生活をぶつけるほか仕方がない、どうだ?と」

「あなたがた記者みたいに大学を出てモノを書いているだけでは男ではない。肉体労働をしてメシをくって生きるのが男の生き方だ。あなたたちは東大か何か出ているかもしれないが、それはウソの生活だ」

型通りの喜びの言葉を二言三言語ったあと、会見場に集まった報道陣に向かって一気にしゃべりまくった。酔いにまかせた放言ではなく、この人の真実の言葉と思われた。

生まれ故郷の紀州を舞台に多くの小説を書いた中上は、生前、筆者のインタビューに対して、「熊野といい『路地』といい、おれの文学はマイナスの磁場の集まるところに立っている」と語り、自らを、かなたからやって来た「風の又三郎」になぞらえることもあった。中上は既成の価値の外に立つ、まさしく「よそ者」であり、戦後生まれでは初の芥川賞を受けたときは二十九歳の若者だった。そして、この次の第七十五回は、戦後世代の「羶麗文学」の代表格といえる村上龍の「限りなく透明に近いブルー」が受賞し、再びミリオンセラーが登場した。顰蹙にも耐え得る力のある作品は、話題性も十分だった。

大震災とサリン事件と選評

ただ、中上、村上龍、そして、一九七九年（昭和五十四年）に群像新人文学賞で村上春樹というスターが登場して以降、第5章でも触れたように、八〇年代の芥川賞は「該当作なし」が続き、混迷する。そして、九〇年代はじめにはバブル経済が崩壊する。九五年（平成七年）一月には阪神・淡路大震災、同年三月にはオウム真理教による地下鉄サリン事件が起きた。文学の足場となる生活が揺さぶられ、言葉を紡ぎだす精神もまた揺さぶられていた。群像新人文学賞の選評で文芸評論家の柄谷行人《からたにこうじん》が〈地震やオウム事件のあとでは、昨年書かれたものの多くは空疎に見えるだろう〉と書いたのは、この年のことだ。変化の予兆はさまざ

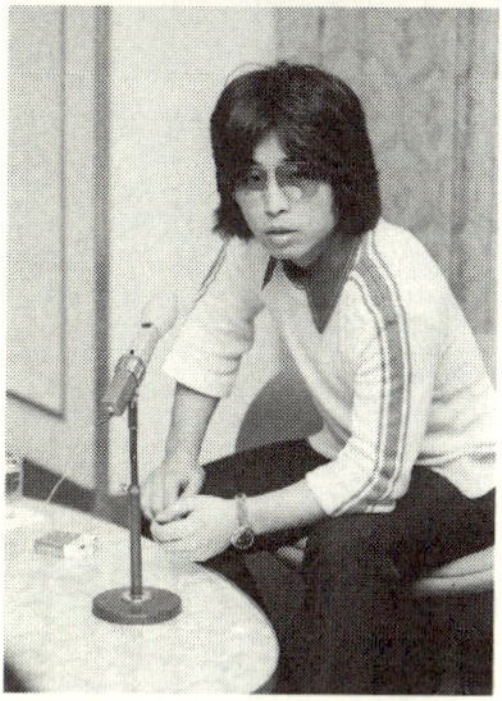

受賞会見する中上健次（上）、村上龍（下）

まにあった。平成三年には、長崎県の雲仙普賢岳で大火砕流が起き、五年には北海道南西沖地震による津波のため奥尻島で多数の死者が出ていた。六年には、長野県松本市で、有毒ガスが撒かれ、八人が死亡、約六十人が入院する松本サリン事件が起きていた。

芥川賞の候補になる小説も、従来の素朴なリアリズムではとらええきれない抽象性の高い作品や寓話的な作品、哲学的な作品が話題になっていた。

「政治の季節」が昂揚し、退潮してゆく六〇年代から七〇年代に登場し、政治的、思想的な大文字の言葉と距離をとり、それまでの物語的文学とも距離をとりながら、内なる自分に手ごたえのある表現を模索して来た古井由吉や黒井千次、彼らと同時代に活躍を始めた日野啓三らが、この時期の芥川賞の選考委員として活発に発言した。古井には空襲、黒井には学童疎開、日野には朝鮮からの引き揚げ体験があった。大状況が揺さぶられる中で、彼らのこまやかな選評には、ある精彩があった。

松本サリン事件のあった年の第百十一回は、笙野頼子「タイムスリップ・コンビナート」と室井光広「おどるでく」の二作が選ばれたが、古井由吉の選評は、難所にさしかかった文学の難しい状況を、相撲にたとえてつづったものだった。

どちらの作品も小説になる以前の境を、いきなり小説の瀬戸際としてひきうけているように見られる。小説の前提の域での曲折なしにストレイトに小説を書きたくはないという意志のことになるが、それが批評者の立場に留まっているのではなくて、まさにこの意志によってただちに小説に取りつくので、小説になるかならぬかのところから小説は始まる。方法論的な模索というよりは、土俵際から始まる相撲のようなものだ。喩えついでに言えば、土俵際だけがあって、土俵の内もない、とぐらいに思わなくてはならない。（中略）

しかし小説を書くことのむずかしさは、なかなか小説にならないというところよりも、どうひねっても小説になってしまうところにあるようだ。反小説的な道を容赦もなく取る作品が、どこかで小説的なものに支えられると、読む側はそれでほっとするかもしれない。しかし書くほうにとっては、そこで作品の本性が問われるので、危処でもある。小説の域の内に入ると、かなり通俗的になりかかるのが、ひとつひねった「自己否定」のごとくに思われる。

次の百十二回は、平成七年一月十二日に選考会が開かれ、一月十七日には阪神・淡路大震災が起きる。まさに過渡期だった。日野啓三が、〈三浦（俊彦、筆者注）氏のテレビゲーム、中村（邦生、同前）氏のファックスなど、新しい機器がつくり出すヴァーチャルな現実感覚が小説の世界に進入してきたことが印象に残った。今後の大きな課題だろう〉と選評したように、メディアの環境も激変する時代だった。古井由吉は震災の衝撃を、即座に選評に記している。選評が、文学表現でもあるゆえんだ。

この選評を書こうとしている今もこのたびの大震災の、市街炎上の光景が念頭に浮かぶ。私も家の内で安楽にテレビの報道を見ていた一人である。映像の体験に過ぎないが、幼少の頃の空襲の《現在》が同じ戦慄で甦った。その時、自分にとってこの五十年は空白なのではないか、と疑念が掠めた。それが空白なら、今の私は幽霊になる。しかしそう思わせるだけの、ブラックホールめいたものがたしかに私の内にある。おそろしいことだ。

大庭みな子は、選評の末尾に〈現代に生きる者の唯一の希望ともいえる文学に、執念深く期待するしかない〉と記した。

大震災後の最初の選考会となり、保坂和志「この人の閾《いき》」が受賞作となった同年夏の第百十三回では、震災後の表現が話題になった。この作品の世界を最大に評価し、〈明日世界が滅ぶとしたらこんな最後の一日を過したいとも思う〉と選評に記した日野啓三はこう続けた。

日常という言葉の前に「退屈な」とか「シラケタ」という形容詞をつけていた時代は終

ったと思う。バブルの崩壊、阪神大震災とオウム・サリン事件のあとに、われわれが気がついたのはとくに意味もないこの一日の静かな光ではないだろうか。オウム事件に対抗できる文学は細菌兵器で百万人殺す小説ではないだろう。

この選考会があった七月十八日のことは、妙によく覚えている。読売新聞記者時代に「あの夕陽」で芥川賞を受けた日野は、当時、読売に書評を書く読書委員をしており、委員会の開かれる隔週火曜日に読売新聞東京本社にやってきて、その都度、旧社屋の三階にあった喫茶店で、文学談義や、報道の言語について話を伺うのが恒例だったからだ。芥川賞の前後には、あれこれと話を聞きだすことも多かった。

選考経過を語る日野啓三

第百十三回の選考会は、ちょうどその火曜日で、本を見るため、選考会前に本社に顔を出した日野から、「鵜飼君、ちょっと」と呼ばれ、喫茶店まで行った。

日野は、「今日の朝、保坂を推すことに決めた」と語りだした。数日前には、まだ躊躇していたが、この日朝起きて、「明日世界が滅ぶとしたら、この小説のような最後の一日を過したいと思い、考えを変えた」と語った。「大震災やサリンを経験してみると、退屈で静かな日常が、いかに貴重か、それを感じる」。ちょっと息せき切ったように語ると、「新喜楽」の会場に向かったのだった。

一方で、古井は〈表現の対象である日常が、すでに土台から揺すられている。三年後に、これを読んだら、どうだろうか。前提からして受け容れられなくなっている、おそれもある〉と懸念を表明している。〈新人の文章に触れて我身の文章を顧る。それがなければ選考委員の役甲斐もない〉(第百二十六回)と書いた古井らしい達観と覚悟である。

「石原慎太郎選考委員」の誕生

この大震災と地下鉄サリン事件で揺れた年の十二月十七日、「芥川賞新選考委員に石原氏ら」という見出しの記事が、読売新聞の社会面で大きく報道された。新たな委員に加わったのは、この年、国会議員在職二十五年を区切りに政界を引退した石原慎太郎(当時六十三歳)で、「二十五年間は刑務所にいたようなものだから、本家に帰るみたいな感じ。感性が豊かで戦慄を覚える作品を期待したい」と抱負を語っている。同時に、池澤夏樹(当時五十歳)と、戦後生まれでは初の選考委員になる宮本輝(当時四十八歳)も新加入だった。

出版統計でいうと、ちょうど年間の売り上げが、この時期をピークとして、その後、今日に至るまで漸減してゆく、失われてゆく時代の始まりだった。戦後の消費社会の始まりをスタートする時期に、新しい価値観を体現した若者の無軌道で、純粋な青春の形を「太陽の季節」で描いた石原は、消費社会のかげりが鮮明になりゆく時代に、選考委員として登場した。それは皮肉ともいえる状況でもあり、それゆえに石原の発言が注目された。

石原の最初の選評は穏やかなものだった。沖縄の作家、又吉栄喜の第百十四回受賞作「豚の報い」を、〈沖縄の政治性を離れ文化としての沖縄の原点を踏まえて、小さくとも確固とした沖縄という一つの宇宙の存在を感じさせる作品〉と評価したのだ。

しかし、大江健三郎の最後の選考会になったこの回以降、石原が受賞作を褒めることはまれになる。「豚の報い」の選評の末尾に〈他の作品はどれも妙にちまちましていて、今になればなるほど中身がなんであったかどうにも思い出せないようなものばかりだった〉と書いたことにその予兆があった。

第百十五回では、落選した福島次郎の男色を題材にした小説「バスタオル」を〈ここに描かれている高校教師とその生徒との関わりは間違いなく愛であり、しかも哀切である〉と評価したのに対し、第4章で紹介したように、〈文句のつけやうのない佳品〉と丸谷才一らが推奨した受賞作の川上弘美「蛇を踏む」を、宮本輝とともに否定し、〈今日の日本文学の衰弱がうかがえるとしかいいようない〉と認めなかったのだ。

「該当作なし」だった第百十八回は、さらに辛辣だった。〈これだけさまざまな出来事に満ち満ちている日本で、こんな程度の作品しか新人の手によってもたらされないという現象は深刻だが、それは所詮ものを見つめて書く者の視線の深度の問題だろう〉。

二〇〇〇年に入る直前の平成十一年(一九九九年)、一人のスターが誕生した。「芥川賞に京大生・平野さん　デビュー作で〝ホームラン〟『三島再来』呼び声高く　文体は重厚　ピアスきらり」との見出しで読売新聞が社会面トップ(大阪版)で報じた平野啓一郎の登場である。受賞作「日蝕」は京都大学法学部四年だった平野が、就職活動のつもりもあって新潮社に書き送った小説で、南フランスを舞台に、カトリック学僧の超越的体験を、漢語表現を駆使した重厚な文体で書いている。作品は、いきなり文芸誌『新潮』の巻頭に掲載された話題作で、選考会でもすんなりと受賞している。

若い作者、平野の構えの大きな作品に対して、選考委員たちはここぞとばかり文学的な趣向を凝らした表現で応答した。黒井千次が〈平野啓一郎氏の「日蝕」には、天井の高い建造物に踏み入ったかのような印象を受けた。作品の構えの大きさと思考の奥行きとが生んだ印象であったろう〉と評価すれば、古井由吉は〈投げあげた試みがさほどの揺らぎもなく、伸びやかな抛物線を描くのを、唖然として眺めた〉と敬意を表した。

ここでも石原慎太郎は、またしても反対の論陣を張った。〈この現代に、小説を読むのにいちいち漢和辞典を引いて読まなくてはならぬというのは文学の鑑賞と本質隔たった事態といわざるを得まい〉と記したうえで、〈仮にこの小説を平文で書いたとしたらどれほどの小説的効果があり得たのだろうか〉と疑問符をつけた。さらに〈浅薄なコマーシャリズムがこの作者を三島由紀夫の再来などと呼ばわるのは止めておいた方がいい。三島氏がこの作者と同じ年齢で書いた「仮面の告白」の冒頭の数行からしての、あの強烈な官能的予感はこの作品が決して備えぬものでしかない〉と、切り捨てた。毀誉褒貶よる「顰蹙文学」の寵児として登場した作家は、若手の作品に眉をひそめる側としての立場を鮮明にし、若い作家たちの顰蹙を堂々と買って出たのだ。

異例の石原・村上記者会見

一連の苛立ちには、石原なりの理由があった。一つは、携帯電話の普及やネット時代の到来による「情報の氾濫は確実に人間の想像力を奪う」という危機感だった。就任直後に「芥川賞を目指す諸君へ」を『文藝春秋』平成八年三月号に発表し、その中で、〈都市が破壊され人が殺されようが、誰かが強姦されようが、たとえ実体験として初めて遭遇しても、既視感がつきまとって切実な内的体験にならないんじゃないか〉と書いている。

この思いは強く、第百二十七回の選評でも、〈自分自身の原体験が貧弱なこと、その代わりに情報だけは氾濫していて容易に手にも入り、それが作者の感性に濾過されることなく、容易な当て込み、いわばチープなマーケッティングに依って採取され、それをベースに大方の作品が仕立てられているせいに違いない〉と、想像力の貧困を嘆いている。

未知の戦慄に見舞われることへの期待を持つ石原の思いは、綿矢りさ、金原ひとみがダブル受賞した平成十五年下半期の第百三十回でも不満となって表れた。選評では〈それにしてもこの現代における青春とは、なんと閉塞的なものなのだろうか〉と感想を示し、〈すべての作品の印象は読んでいかにもスムースだが、軽すぎて読後に滞り残るものがほとんどない〉とそっけなかった。熱狂の受賞劇とは遠く離れていた。

そんな石原が、青山七恵「ひとり日和」が受賞した第百三十六回の選考直後の記者会見場に、村上龍とそろって登場し、私たち記者団を大いに驚かせた。めったに褒めない、しかも顰蹙を買ってこそ文学の典型として学生時代に登場した二人だったからだ。青山もまた二十三歳と若い受賞者だ。しかし、石原や村上龍とはどう見てもタイプは違いそうだ。それがなぜ？ こちらの驚きをよそに、石原が「村上さんも僕も、芥川賞の選考で積極的に推すのは珍しい。それが二人そろって同じ作品を推した」と前置きしたうえで、「都会のソリチュード（孤独）が一種のニヒリズムに裏打ちされ、今日的なものを感じさせる」と評価。村上も「言葉の組み合わせが正確かつ厳密。会話が過不足なく表現され、小説の中の設定や小道具がきちんとピンポイントで収まっている」と技量の高さをたたえた。

石原が選評で、村上龍の「限りなく透明に近いブルー」をとり上げつつ、その〈正確なエスキースに似た、優れて絵画的な描写に通うものがあった〉と書いたことも、また驚きだった。若い女性のひっそりとした孤独感を描く二十三歳だった青山の「ひとり日和」と、石原や村上龍の作風は一見、肌合いが違うからだ。しかし、石原のとりわけ初期作品には「青春のピュリティ（純粋さ）」があると、つとに言われ、〈孤独な感性だけが作家自身を救い、世界をも変える〉（平成八年一月十九日、読売新聞寄稿）と書く人である。「顰蹙文学」というと野蛮な印象があるが、孤独な感性に忠実であれば、既成の価値とぶつかるのは必定であり、それが「顰蹙」を買うこともある。石原の孤独な感性と、都会のソリチュードのある作品が、はからずも触れ合った、奇遇ともいえる回だった。

異例の石原・村上記者会見

そう評価したのもつかのま、諏訪哲史「アサッテの人」が受賞した翌第百三十七回では、候補作のタイトルまでにも苛立ちを爆発させた。〈大体、作品の表題がいい加減で、内容を集約表現しているとも思えない。自分が苦労?して書いた作品を表象する題名も付けられぬ者にどんな文章が書けるものかと思わざるをえない。曰くに

『グレート生活アドベンチャー』、『アウラ　アウラ』、『わたくし率イン歯ー、または世界』、『オブ・ザ・ベースボール』、『アサッテの人』。いいかげんにしてもらいたい〉。

作品を否定するとき、〈どう見てもマーケッティングによる、つまり当てこみの素材が多く〉（百十七回）、〈一つの文学に触れ得たというカタルシスにまでなり切れない〉（第百十八回）、〈いかんせんマナリスムの観が否めない〉（百十九回）、〈アクチュアルなものはどこにも無い〉（百四十三回）などカタカナ用語を多用した石原だったが、タイトルのカタカナの氾濫には黙っていられなかったようだ。

ちなみにカタカナで石原に褒められたところでは、「苦役列車」で受賞した西村賢太がいる。曰く〈この作者の「どうせ俺は――」といった開き直りは、手先の器用さを超えた人間のあるジェニュインなるものを感じさせてくれる〉（第百四十四回）。

そして「該当作なし」だった第百四十五回で〈総じて退屈というより、暗然とさせられた選考会だった〉と記した次の、平成二十四年一月の第百四十六回が、石原が出席した最後の選考会となった。

この時期、石原は都知事。選考会前の一月六日の知事定例会見で候補作について聞かれ、「苦労しながら読んでいるが、バカみたいな作品ばかりだよ」と発言していたが、円城塔「道化師の蝶」と田中慎弥「共喰い」のダブル受賞となった。そして、受賞会見で、田中が「受賞を断って気の小さい選考委員が倒れたりしたら、都政が混乱する。都知事閣下と都民のためにもらっといてやる」と発言したことが、ニコニコ動画で流れ、これがまた波紋を呼んだ。この発言に、石原が「いいじゃない。皮肉っぽくて。俺はむしろ彼の作品は評価したんだけどね」と記者団に語った内容が、また報道される。石原と芥川賞とのかかわりは、韜晦の話題で始まり、韜晦の話題で終わった。

石原最後の選評は、〈私は今回をもって芥川賞選考の勤めを終わるつもりでいたが、その最後にあたって、この十五年余の間文学の世界に新しい風を迎える仕事にたずさわりながら抱いてきた感慨を記しておきたい〉と書き出され、「自我の衰弱」との題がつけられていた。

　私は片方で政治にたずさわりながらも、政治なる方法の成就のためにも文学の刺激を私なりに活用してきたつもりだが、それ故芥川賞という新人の登竜門に関わる仕事に期待し、この私が足をすくわれるような新しい文学の現出のもたらす戦慄に期待し続けてきた。しかしその期待はさながら打率の低いバッターへの期待のごとくにほとんど報いられることがなかった。そして残念ながら今回の選考も凡打の羅列の域を出ない。

最後はこう締めくくった。〈故にも老兵は消えていくのみ。さらば芥川賞〉。編集者によると、

〈さらば芥川賞〉という言葉は、推敲の段階で、読みにくさでは定評がある左利きの手による超右肩上がりの書き文字で書き加えられていた。

振り返ってみれば、「底が浅い」（第百二十七回）、「不毛の時間」（第百三十二回）、「またしても不毛」（第百三十五回）、「薄くて、軽い」（第百三十八回）、「どうにも、こうにも」（第百四十二回）、「駄作のオンパレイド」（第百四十五回）、と十六年にわたる石原の辛い評は、その選評のタイトルにもあらわれていた。

石原の辛口選評には当時批判の声が強く、顰蹙を買っていた。書評家の豊崎由美は、SF翻訳家の大森望との共著『文学賞メッタ斬り！』などで〈相変わらず読めてねーなー、オヤジは、みたいな（笑）〉など、散々文句を言い、宿敵石原慎太郎を公言していた。その豊崎が、石原の選考委員辞任後、評論家の栗原裕一郎からの呼びかけで、一年間かけて慎太郎の小説を読み直す企画を始め、結果的に読んだ作品の七割は褒めていたことに気づき、一年前までの「慎太郎知らずの慎太郎嫌い」な自分は「怠惰だったなあと反省」し、栗原との対話をまとめた共著『石原慎太郎を読んでみた』まで出版した。

共著の中のコラムで、豊崎は、「選考委員を辞めてほしい」とすら発言していた当の石原が実際に辞め、選評を〈いざ読めなくなってみると、それはそれで淋しいという気もいたします。／実際、第一四七回以降、石原慎太郎がいなくなってからの選評には「ジェニュイン」と「アクチュアリティ」が感じられず、「何かがおかしい、何かが衰弱している、何かが見当違いだ」と懸念を覚えずにはおられません。というのは冗談にしても、一人くらい問題発言を連発するキャラがいないと盛り上がりに欠けるのはたしか〉と書いている。

選考委員だった当時、石原自身、自らを悪役であることを自認していたふしがある。平成十四年夏、七十歳を前に石原に行った筆者のインタビューに、『あの人、まだ生きていたのか』と言われて生きながらえるよりは、『あいつ早く死なないかな』と若い人から憎まれ口をたたかれ続ける存在になりたいですね」と笑顔まで浮かべて語っていたからだ。未知を探求する青春の気概も横溢していた。「『死は人間にとって最後の未知、最後の将来』だ。死ぬ瞬間まで自分の死について好奇心をもっていたいなあ」。

太陽のたどる軌道でいえば、「斜陽の季節」を迎えてなお、そして、八十歳を超えても小説の発表をつづける石原は、今も文学における青春の真っ只中にいる。

プロレスは悪玉がいるからこそ盛り上がるのである。

選考会も、石原のような強烈な個性があったからこそ、周りも盛り上がっていたのだ。

若者でバカ者でよそ者

坂口安吾は、「日本文化私観」を発表したのと同じ昭和十七年、三十六歳のときに「青春論」を書いている。その中で、〈老成せざる者の愚行が青春のしるしだと言うのならば、僕は今もなお青春、おそらく七十になっても青春ではないか〉と思う、と書いている。若さは年をとればなくなるが、老成せざる愚行によって顰蹙を買うこと、つまり青春であることは、年をとっても出来る。そして、新しさというのは、作家が年を重ねてもなお、求めつづけるものである。

ノーベル文学賞作家の川端康成は、昭和四十七年一月五日、その死を選んだ四月十六日から三か月前に、文藝春秋で行った最後の講演で、〈今でも私は新人と言って……、事実、新人だと思っております。まあ、谷崎（潤一郎）さんなんかも死ぬまで新人だったわけです。志賀（直哉）さんは新人で通せなかったところがある……〉としたうえで、最後をこう結んでいる。

今や、自分で創意工夫することが必要です。老人問題なんて言うけれども、老人自身、普段菊作ったって、ダリヤ作ったって、食えるわけですよ。で、新種でも発見すれば大金持になります。老人にできることはいくらでもある。会社を退職になると、ああもう終った、と思うからだめなんです。で、私もまだ、新人でいたいと思っております。

「新人でいたい（最後の講演）　川端康成」（『諸君！』昭和四十七年六月号）

「若者でバカ者でよそ者」という新しい文学の条件は、何も若い人に限ったものではない。老成せざる愚行と、常識に囚われない自由な発想があるかぎり、誰だって「齟齬文学」の主人公になれる。そして、齟齬を買うことをおそれぬ選ばれる側の作家たちと選ぶ側の作家たちの自由闊達で新しい表現が、芥川賞を、文学を、おもしろいものにしてきた。

あとがき

「第150回記念芥川賞&直木賞FESTIVAL」（主催・文藝春秋）が二〇一四年三月一日、二日の二日間、東京・丸の内で開かれ、そのイベントの一つである対談「芥川賞、この選評が面白い」に進行役として参加した。

〈奥泉光氏の作品は、これで四作読んだ。いつもその腕力と言葉の氾濫に負けそうになっていたが、今回は素直に降参することにした〉（吉行淳之介）。四回目の候補作「石の来歴」で、選考委員からこう評価され、第百十回芥川賞を受けた奥泉光さんと、芥川賞には三度候補になりながら縁がなく、第百三十二回直木賞を『対岸の彼女』で受賞した角田光代さんによる対談だった。

記者という仕事柄、選評を読むのは仕事だが、選評は読めば読むほど作家の個性的な風貌が短い文章に凝縮されていて、おもしろかった。芥川賞の場合、選評で酷評され、落選した作家で有名になる場合も多い。そこで文藝春秋の編集者に、選評から芥川賞を読み解いたら面白いのでは、と話しているうちに、じゃあ、進行役をやって、という運びになったのだ。

角田さんが「昔の選評は、自由ですよね。宇野浩二さんの選評がものすごく素晴らしくって、すっかり選評ファンになりました。本当に真摯に書いてて、面白くて、おちゃめなところもあって」と語れば、奥泉さんも「宇野さんは選考会の様子を書いてくれていて、今読むと面白いし、資料的な価値もある」。わずか一時間のイベントだったが、かつては文学賞に選ばれる新人作家であり、今では選ぶ側になっている二人の作家に、芥川賞とその選評について率直に話を聞けたのは楽しかった。

本書は、このイベントがきっかけで書くことになった。対談の準備、そして本書のために全選評を通読して思ったことは、作家の書く選評というのは、やはり作家という個性の文学表現であり、再読、再々読に耐えうる面白いものであるということだ。

とりわけ、選考中は黙って頭を横に振るだけで、ほとんどしゃべらなかったにもかかわらず、選評を書く段になると枚数制限などお構いなしに逐一作品を論評し、選考風景まで書いてしまう宇野と、石原慎太郎の「太陽の季節」を否定するなど物議を醸す選評を書いていた佐藤春夫、川端康成がそろって委員だった昭和三十年代半ばごろまでの選評は味が濃い。

候補作選定まで選考委員が行っていた戦前から芥川賞に関与していた彼らの選評には、「自分たちが新しい文学をつくるんだ」という気概が滲み出ているからだ。時間がたつと、ズレが目立って見えることもあるが、選評を読むと、彼らが、その時々の感覚と信念にもとづき、反発を恐れずに書いているから、ズレもまた天晴なのだ。

そもそも川端の選評がなければ、太宰治の「芥川賞事件」はなく、そしてもし太宰がその後活躍しなかったら、「芥川賞事件」は、すぐに忘れ去られたであろう。村上春樹さんに芥川賞が与えられなかったことが今日話題になり、それをテーマにした市川真人『芥川賞はなぜ村上春樹に与えられなかったか』が出たのも、村上さんを信念によって否定した委員の選評の存在と、その後の村上さんの旺盛な執筆活動があったからである。

相撲にたとえるなら、芥川賞が発表された段階では、選考委員は行司であり、候補者たちは相撲を取る力士なのだが、時間がたってみると、たまたま選考委員という肩書のある力士と、候補者という肩書の力士のがっぷり四つの相撲であり、行司とは「新しい文学」なのではないか、と思えて来る。

勝負は一度きりではない。山田詠美さんは三度、黒井千次さんは五度、島田雅彦さんの場合は六度、時の勝負に負けたように見えたが、その後、選考委員として再び、芥川賞の土俵に上がった。

芥川賞の事件は、候補作品とその選評が、「新しい文学」という未踏の目標を求めて目には見えない格闘をすることによって生まれるのだと思う。

ただ、「はじめに」でも書いたが、この「新しい文学」というのは、容易に説明できるものならば、もはやそれは「新しい文学」ではないという背理がある。私が取材を始めてからも、

第百三十回の綿矢りささん、金原ひとみさんのダブル受賞と、第百三十九回の楊逸さんの受賞が一面級のニュースになったが、これは受賞決定時に十九歳と二十歳という若い二人の女性が取ったという新しい現象への驚きであり、中国人の書いた日本語文学が初めて芥川賞を受けたという国際化の動きへの反応にすぎない。「新しい現象」は、最年少受賞、最高齢受賞、外国人で初などと説明できるが、未踏の「新しい文学」は、口で簡単に説明できるものではない。だからこそ、格闘には夢と冒険がある。

本書を執筆中の今年一月二十九日、大庭みな子さんとともに昭和六十二年、女性初の芥川賞選考委員になった河野多惠子さんの訃報に接した。河野さんは、筆者が勤める新聞社が主催する読売文学賞の選考委員も長年務め、何回も事務方として同席した。こうと決めると、姿勢を正し、居並ぶ男性委員をゆっくり眺めながら、ものおじせずに発言する。おかしいと思えば、候補作の朗読をはじめ、「この日本語はおかしい」と言って譲らず、とことん議論した。芥川賞の選考でもそれは変わらなかったという。

河野さんの死の少し後の二月十九日、都内のホテルで開かれた第百五十二回芥川賞・直木賞の贈呈式で、最後の締めの挨拶をした日本文学振興会の松井清人理事長は、十年以上も前に、芥川賞選考会の司会をしたときの思い出を語りつつ、河野さんを偲んだ。その回は、ある作品を巡って一回目の票決から議論が真っ二つに分かれ、およそ二時間以上の激論のすえ、ようやく二回目の票決を行い、その結果、かろうじて、その作品が過半数を超えたという。

その時である。

「私は、思わず、『過半数を超えましたので、この作品を受賞作にしてよろしいでしょうか』という風に口をすべらしてしまったんです。そうしたら河野先生が気迫のこもった声で、『文学は多数決じゃないのよ』とおっしゃったんです。私は背筋がぴんとしまして、顔から血の気が引きまして、『申し訳ありません。さらに議論を進めます』というのがやっとだったんです。それから議論は一時間以上なおも続きまして、最終の採決でその作品は受賞作となりました」

松井理事長の回想談にはつづきがある。会の終了後、河野さんを玄関口まで送った松井氏が「先生、大変申し訳ありません。出過ぎたことをしました」というと、河野さんは、「あの時点では、まだ議論が尽くしていなかったんですよ。議論を尽くすことが何より大切なんです」との言葉を残して、帰ったという。

候補作とがっぷり四つに組み合い、こうした真摯な議論を作家たちがつづけてきたからこそ、今日の芥川賞があるのだろう。選評を書いてきた作家たちと候補になった作家がいなければ本書はなかった。多くの作家たちに深謝したい。

入念な議論で候補作選びをしてきた予備選考を担う編集者の人たちにも敬意を表したい。戦後のある時期からは編集者が候補作を選び、その作品の中から選考委員が授賞作を選ぶスタイルに変わり、編集者の責任が大きくなった。これはという作品も候補にしなければ、マスコミや批評家から叩かれることもある。しかし、叩かれても、批判されても、候補作も選評も公表し、開かれた文学の議論の場を提供してきたことで、芥川賞の活力はつづいてきた。

本書の執筆に際しては、読売新聞の「ヨミダス歴史館」を活用した。明治七年の創刊号からの読売新聞の記事を検索できるオンライン・データベースで、「文芸新聞」として始まった読売の記事を足場に、他紙の記事も参照した。

「第150回記念芥川賞&直木賞FESTIVAL」に誘ってくださった文藝春秋の羽鳥好之さん、公開イベントの準備を手伝ってくれた田中光子さん、取材を快諾して下さった黒井千次さん、司会者時代の貴重な秘話を教えて下さった半藤一利さん、資料集めなどに協力し、叱咤激励、助言してくれた担当の谷村友也さん、そしてここまで読んでくれたみなさんに感謝します。

平成二十七年五月

芥川賞候補作一覧（第1回〜第152回）※太字：受賞作

上半期発表作品を対象とする選考会はその年の7月、下半期発表作品を対象とする選考会は翌年の1月に行われる（戦前・戦後の例外を除く）

回／年	候補作
第1回 1935(S10)年 上半期	**石川達三　「蒼氓」**
	外村　繁　「草筏」
	高見　順　「故旧忘れ得べき」
	衣巻省三　「けしかけられた男」
	太宰　治　「逆行」
第2回 1935(S10)年 下半期	該当作なし
	小山祐士　『瀬戸内海の子供ら』
	川崎長太郎「餘熱」他
	伊藤佐喜雄「花宴」「面影」
	檀　一雄　「夕張胡亭塾景観」
	丸岡　明　「生きものの記録」
	宮内寒彌　「中央高地」
第3回 1936(S11)年 上半期	**鶴田知也　「コシャマイン記」**
	小田嶽夫　「城外」
	高木　卓　「遣唐船」
	北條民雄　「いのちの初夜」
	横田文子　「白日の書」
	緒方隆士　「虹と鎖」
	打木村治　「部落史」
	矢田津世子「神楽坂」
第4回 1936(S11)年 下半期	**石川　淳　「普賢」**
	冨澤有為男「地中海」
	伊藤永之介「梟」
	川上喜久子「滅亡の門」「歳月」
第5回 1937(S12)年 上半期	**尾崎一雄　『暢気眼鏡』他**
	中村地平　「土龍どんもぽつくり」
	逸見　廣　「悪童」
	川上喜久子　諸作品
第6回 1937(S12)年 下半期	**火野葦平　「糞尿譚」**
	中本たか子「白衣作業」
	大鹿　卓　「探鉱日記」
	間宮茂輔　「あらがね」
	和田　傳　『沃土』
	中谷孝雄　『春の絵巻』
	伊藤永之介「梟」
第7回 1938(S13)年 上半期	**中山義秀　「厚物咲」**
	渋川　驍　『龍源寺』
	伊藤永之介『鴉』「鶯」
	田畑修一郎『鳥羽家の子供』
	中村地平　「南方郵信」
	丸山義二　「田植酒」
	一瀬直行　「隣家の人々」
	秋山正香　『般若』
第8回 1938(S13)年 下半期	**中里恒子　「乗合馬車」「日光室」**
	北原武夫　「妻」
	吉川江子　「お帳場日誌」
第9回 1939(S14)年 上半期	**長谷　健　「あさくさの子供」**
	半田義之　「鶏騒動」
	岩倉政治　「稲熱病」
	長見義三　『姫鱒』
	木山捷平　『抑制の日』
	左近義親　『落城日記』
第10回 1939(S14)年 下半期	**寒川光太郎「密猟者」**
	金　史良　「光の中に」
	矢野　朗　「肉体の秋」
	鈴木清次郎「日本橋」
	藤口透吉　「老骨の座」
	織田作之助「俗臭」
	佐藤虎男　「潮霧」
第11回 1940(S15)年 上半期	該当作なし（高木卓が受賞辞退）
	高木　卓　「歌と門の盾」
	木山捷平　「河骨」
	吉田十四雄「墾地」
	元木國雄　「分教場の冬」
	中井　信　「病院」
	池田みち子「上海」
第12回 1940(S15)年	**櫻田常久　「平賀源内」**
	牛島春子　「祝といふ男」

芥川賞候補作一覧

回／年	候補作
下半期	柳井統子　「父」
	井上　孝　「ある市井人の一生」
	村田孝太郎「鶏」
	白川　渥　「崖」
	儀府成一　「動物園」
	埴原一亟　「店員」
	森　荘已池「氷柱」
第13回 1941(S16)年 上半期	**多田裕計　「長江デルタ」**
	相野田敏之「山彦」
	埴原一亟　「下職人」
第14回 1941(S16)年 下半期	**芝木好子　「青果の市」**
	水原吉郎　「火渦」
	野川　隆　「狗寶」
第15回 1942(S17)年 上半期	該当作なし
	石塚友二　「松風」
	中島　敦　「光と風と夢」
	波良　健　「コンドラチエンコ将軍」
	藤島まき　「つながり」
	森田素夫　「冬の神」
	中野武彦　「訪問看護」
第16回 1942(S17)年 下半期	**倉光俊夫　「連絡員」**
	金原健兒　「愛情」
	稲葉真吾　「炎と倶に」
	橋本英吉　「柿の木と毛虫」
	埴原一亟　「翌檜」
第17回 1943(S18)年 上半期	**石塚喜久三「纏足の頃」**
	小泉　譲　「桑園地帯」
	檀　一雄　「吉野の花」
	劉　寒吉　「翁」
	譲原昌子　「故郷の岸」
	相原とく子「椎の実」
	辻　勝三郎「雁わたる」
第18回 1943(S18)年 下半期	**東野邊　薫「和紙」**
	若杉　慧　「淡墨」
	柳町健郎　「伝染病院」
	黒木清次　「棉花記」
第19回	**八木義徳　「劉広福」**
1944(S19)年 上半期	**小尾十三　「登攀」**
	林　柾木　「昔の人」
	妻木新平　「名医録」
第20回 1944(S19)年 下半期	**清水基吉　「雁立」**
	国枝　治　「技術史」
	川村公人　「盆栽記」
	木暮　亮　「おらがいのち」
	金原健兒　「春」
第21回 1949(S24)年 上半期	**由起しげ子「本の話」**
	小谷　剛　「確證」
	光永鐵夫　「雪明り」
	真鍋呉夫　『サフォ追慕』
	峯　雪栄　「煩悩の果て」
	鈴木楊一　「北農地」
	藤枝静男　「イペリット眼」
第22回 1949(S24)年 下半期	**井上　靖　「闘牛」**
	那須国男　「還らざる旅路」
	井上　靖　「猟銃」
	阿川弘之　「あ号作戦前後」
	真鍋呉夫　「天命」
	前田純敬　「夏草」
	島尾敏雄　「宿定め」
	竹之内静雄「ロッダム号の船長」
	池山　廣　「日本の牙」
	村井　暁　「哀楽の果て」
	澤野久雄　「挽歌」
第23回 1950(S25)年 上半期	**辻　亮一　「異邦人」**
	辻　亮一　「木枯国にて」
	堀田善衛　「祖国喪失」
	洲之内　徹「棗の木の下」
	久坂葉子　「ドミノのお告げ」
	田宮虎彦　「絵本」
	森田幸之　「北江」「断橋」
第24回 1950(S25)年 下半期	該当作なし
	伊賀山昌三「最後の人」
	石川利光　「手の抄」「夜の貌」
	野村尚吾　「遠き岬」

回／年	候補作
	近藤啓太郎「飛魚」
	島村　進　「源七履歴」
	斎木寿夫　「女音」
	洲之内　徹「砂」
	中村地平　「八年間」
	高杉一郎　『極光のかげに』
第25回 1951(S26)年 上半期	**石川利光　「春の草」他**
	安部公房　「壁―S・カルマ氏の犯罪」
	安岡章太郎「ガラスの靴」
	結城信一　「螢草」
	柴田錬三郎「デスマスク」
	富士正晴　「敗走」
	武田繁太郎「風潮」
	斎木寿夫　「沙漠都市」
	堀田善衛　「歯車」
第26回 1951(S26)年 下半期	**堀田善衛　「広場の孤独」「漢奸」他**
	小山　清　「安い頭」
	阿川弘之　「管絃祭」
	畔柳二美　「川音」
	結城信一　「転身」
	吉行淳之介「原色の街」
	澤野久雄　「方舟追放」
	藤井重夫　「佳人」
	庄司総一　「追放人」
	近藤啓太郎「盛粧」
	武田繁太郎「暗い谷間」
第27回 1952(S27)年 上半期	該当作なし
	三浦朱門　「斧と馬丁」
	小田仁二郎「昆虫系」
	吉行淳之介「谷間」
	小山　清　「小さな町」
	安岡章太郎「宿題」
	武田繁太郎「朝来川」
	直井　潔　「淵」
	庄野誠一　「この世のある限り」
	北川晃二　「奔流」
	西野辰吉　「米系日人」
	伊藤桂一　「雲と植物の世界」
第28回 1952(S27)年 下半期	**五味康祐　「喪神」**
	松本清張　「或る『小倉日記』伝」
	近藤啓太郎「黒南風」
	長谷川四郎「ガラ・ブルセンツオワ」「鶴」
	澤野久雄　「夜の河」「北里夫人の椅子」
	小島信夫　「小銃」
	安岡章太郎「愛玩」
	吉行淳之介「ある脱出」
	武田繁太郎「生野銀山」
	塙　英夫　「背教徒」
第29回 1953(S28)年 上半期	**安岡章太郎「悪い仲間」「陰気な愉しみ」**
	小田仁二郎「からかさ神」
	杉森久英　「猿」
	伊藤桂一　「黄土の牡丹」
	庄野潤三　「恋文」「喪服」
	和田芳恵　「塵の中」
	結城信一　「落落の章」
	豊田三郎　「好きな絵」
	石濱恒夫　「らぷそでぃ・いん・ぶるう」
第30回 1953(S28)年 下半期	該当作なし
	庄野潤三　「流木」
	小島信夫　「吃音学院」
	竹田敏行　「スピノザの石」
	小山　清　「をぢさんの話」
	塙　英夫　「すべて世はこともなし」
	金　達寿　「玄海灘」
	広池秋子　「オンリー達」
	森田雄蔵　「はがゆい男」
	木野　工　「粧はれた心」
	富島健夫　「喪家の狗」
第31回 1954(S29)年 上半期	**吉行淳之介「驟雨」「薔薇」**
	曾野綾子　「遠来の客たち」
	野口冨士男「耳のなかの風の声」
	江口棒一　「近所合壁」
	庄野潤三　「黒い牧師」「桃李」「団欒」
	小沼　丹　「村のエトランジェ」

芥川賞候補作一覧

回／年	候補作
	富士正晴　「競輪」
	大田洋子　「半人間」
	小島信夫　「星」「殉教」
	鎌原正巳　「土佐日記」
	曾田文子　「引越前後」
	松谷文吾　「たき女抄」
	川上宗薫　「その掟」
第32回 1954(S29)年 下半期	**小島信夫　「アメリカン・スクール」**
	庄野潤三　「プールサイド小景」
	小島信夫　「神」
	小沼　丹　「白孔雀のゐるホテル」
	赤木けい子「碧眼女」
	戸川雄次郎(菊村到)「受胎告知」
	鎌原正巳　「曼陀羅」
	瓜生卓造　「南緯八十度」
	曾野綾子　「硝子の悪戯」「燕買ひ」「バビロンの処女市」
	川上宗薫　「初心」
第33回 1955(S30)年 上半期	**遠藤周作　「白い人」**
	小沼　丹　「黄ばんだ風景」「ねんぶつ異聞」
	川上宗薫　「或る眼醒め」
	澤野久雄　「未知の人」
	長谷川四郎「阿久正の話」
	岡田徳次郎「銀杏物語」
	坂上　弘　「息子と恋人」
	加藤勝代　「馬のにほひ」
第34回 1955(S30)年 下半期	**石原慎太郎「太陽の季節」**
	中野繁雄　「暗い驟雨」
	佐村芳之　「残夢」
	小島直記　「人間勘定」
	藤枝静男　「痩我慢の説」
	原　誠　「春雷」
第35回 1956(S31)年 上半期	**近藤啓太郎「海人舟」**
	有吉佐和子「地唄」
	島尾敏雄　「鉄路に近く」
	葛城紀彦　「北の湖」
	深井迪子　「夏の嵐」
	小林　勝　「フォード・一九二七年」

回／年	候補作
	津田　信　「瞋恚の果て」
第36回 1956(S31)年 下半期	該当作なし
	小林　勝　「軍用露語教程」
	大瀬東二　「ガラスの壁」
	藤枝静男　「犬の血」
	木野　工　「煙虫」
	北　杜夫　「人工の星」
	岡　葉子　「黒い爪」
	堀内　伸　「彩色」
第37回 1957(S32)年 上半期	**菊村　到　「硫黄島」**
	北　杜夫　「狂詩」
	小池多米司「雪子」
	島村利正　「残菊抄」
	相見とし子「魔法瓶」
	津田　信　「風の中の」
	菊村　到　「不法所持」
第38回 1957(S32)年 下半期	**開高　健　「裸の王様」**
	大江健三郎「死者の奢り」
	川端康夫　「涼み台」
	真崎　浩　「暗い地図」
	窪田　精　「狂った時間」
	副田義也　「闘牛」
	吉田　克　「右京の僧」
第39回 1958(S33)年 上半期	**大江健三郎「飼育」**
	大江健三郎「鳩」
	田内初義　「類人猿」
	安岡伸好　「地の骨」
	林　青梧　「第七車輌」
	石崎晴央　「日々の戯れ」
	山川方夫　「演技の果て」
	北川荘平　「水の壁」
第40回 1958(S33)年 下半期	該当作なし
	吉村　昭　「鉄橋」
	山川方夫　「その一年」「海の告発」
	下江　巌　「馬つかい」
	庵原高子　「降誕祭の手紙」
	萩原一学　「煙突の男」

回／年	候補作
	山下　宏　「王国とその抒情」
	池田得太郎「家畜小屋」
	金　達寿　「朴達の裁判」
	林　青梧　「ふりむくな奇蹟は」
第41回 1959(S34)年 上半期	**斯波四郎　「山塔」**
	垣花浩濤　「解体以前」
	中村英良　「眼」
	北　杜夫　「谿間にて」
	吉村　昭　「貝殻」
	林　青梧　「橋」
	佃　実夫　「ある異邦人の死」
	古田芳生　「三十六号室」
第42回 1959(S34)年 下半期	該当作なし
	川上宗薫　「シルエット」
	右遠俊郎　「無傷の論理」
	古田芳生　「孤児」
	谷　恭介　「行賞規程第六条」
	坂上　弘　「ある秋の出来事」
	吉田紗美子「感情のウェイヴ」
	小堺昭三　「基地」
	なだいなだ「海」
第43回 1960(S35)年 上半期	**北　杜夫　「夜と霧の隅で」**
	川上宗薫　「憂鬱な獣」
	倉橋由美子「パルタイ」
	なだいなだ「神話」
	石井　仁　「類人猷」
	童門冬二　「暗い川が手を叩く」
	岡田　睦　「夏休みの配当」
	古賀珠子　「魔笛」
	吉村謙三　「白い夏」
第44回 1960(S35)年 下半期	**三浦哲郎　「忍ぶ川」**
	小野　東　「川中島の花さん」
	泉　大八　「ブレーメン分会」
	小林　勝　「架橋」
	倉橋由美子「夏の終り」
	柴田　翔　「ロクタル管の話」
	野村尚吾　「花やあらむ」

回／年	候補作
	坂口䙥子　「蕃婦ロポウの話」
	木野　工　「紙の裏」
第45回 1961(S36)年 上半期	該当作なし
	岡田みゆき「石ころ」
	大森光章　「名門」
	宇能鴻一郎「光りの飢え」
	山川方夫　「海岸公園」
	小牧永典　「孤宴」
	佐江衆一　「繭」
	伊藤桂一　「黄土の記憶」
第46回 1961(S36)年 下半期	**宇能鴻一郎「鯨神」**
	吉村　昭　「透明標本」
	久保輝巳　「海の屑」
	木野　工　「凍」
	洲之内　徹「終りの夏」
	谷口　茂　「めじろ塚」
	田久保英夫「解禁」
	大森光章　「王国」
第47回 1962(S37)年 上半期	**川村　晃　「美談の出発」**
	坂口䙥子　「猫のいる風景」
	小佐井伸二「雪の上の足跡」
	田久保英夫「睡蓮」
	吉村　昭　「石の微笑」
	久保輝巳　「白い塑像」
	河野多惠子「雪」
	須田作次　『鳥のしらが』
第48回 1962(S37)年 下半期	該当作なし
	河野多惠子「美少女」
	大森光章　「培養」
	加藤浩子　「白猫」
	久保輝巳　「こどもの国」
	多岐一雄　「光芒」
	田久保英夫「奢りの春」
	西條倶吉　「カナダ館一九四一年」
	久我　耕　「痙攣」
第49回 1963(S38)年	**後藤紀一　「少年の橋」**
	河野多惠子「蟹」

芥川賞候補作一覧

回／年	候補作
上半期	多岐一雄　「離婚」
	三原　誠　「たたかい」
	佐藤愛子　「ソクラテスの妻」
	亀田由紀夫「雪蛇」
第50回 1963(S38)年 下半期	**田辺聖子　「感傷旅行」**
	清水寥人　「機関士ナポレオンの退職」
	井上光晴　『地の群れ』
	佐藤愛子　「二人の女」
	森　泰三　「砧」
	木原象夫　「雪のした」
	平田　敬　「日日残影」
	鴻　みのる「奇妙な雪」
	阿部　昭　「巣を出る」
第51回 1964(S39)年 上半期	**柴田　翔　「されどわれらが日々――」**
	佐江衆一　「素晴しい空」
	坂口䙥子　「風葬」
	長谷川　敬「青の儀式」
	五代夏夫　「那覇の木馬」
	立原正秋　「薪能」
	小牧永典　「影絵」
	三好三千子「どくだみ」
	山川方夫　「愛のごとく」
第52回 1964(S39)年 下半期	該当作なし
	南　勝雄　「行方不明」
	なだいなだ「トンネル」
	伊藤　沆　「母の上京」
	飯尾憲士　「炎」
	立川洋三　「ラッペル狂詩曲」
	向坂唯雄　「信じ服従し働らく」
	長谷川　修「真赤な兎」
	高橋　実　「雪残る村」
	津村節子　「さい果て」
第53回 1965(S40)年 上半期	**津村節子　「玩具」**
	青木　満　「影絵(シルエット)」
	富士正晴　「徴用老人列伝」
	立原正秋　「剣ヶ崎」
	高橋光子　「蝶の季節」

回／年	候補作
	森　万紀子「単独者」
	黒部　亨　「砂の関係」
	清水幸義　「十津川」
	阿部　昭　「幼年詩篇」
第54回 1965(S40)年 下半期	**高井有一　「北の河」**
	浅井美英子「阿修羅王」
	大西兼治　「お迎え待ち」
	島　京子　「渇不飲盗泉水」
	長谷川　修「孤島の生活」
	小笠原　忠「鳩の橋」
	森　万紀子「距離」
	なだいなだ「童話」
	渡辺淳一　「死化粧」
第55回 1966(S41)年 上半期	該当作なし
	阿部　昭　「月の光」
	西村光代　「紫茉莉」
	山崎柳子　「眼なき魚」
	萩原葉子　「天上の花」
	なだいなだ「しおれし花飾りのごとく」
	大野正重　「アルカ小屋」
	野島勝彦　「胎」
	長谷川　修「哲学者の商法」
第56回 1966(S41)年 下半期	**丸山健二　「夏の流れ」**
	阪田寛夫　「音楽入門」
	古賀珠子　「落鳥」
	柏原兵三　「兎の結末」
	野呂邦暢　「壁の絵」
	豊田　穣　「伊吹山」
	甲　洋子　「切符を買って」
	山崎柳子　「記憶」
	竹内和夫　「孵化」
	宮原昭夫　「石のニンフ達」
	秋山　駿　「化石の見える崖」
	斎藤せつ子「健やかな日常」
第57回 1967(S42)年 上半期	**大城立裕　「カクテル・パーティー」**
	野呂邦暢　「白桃」
	後藤明生　「人間の病気」

回／年	候補作
	丸谷才一　「にぎやかな街で」
	なだいなだ「レトルト」
	北条文緒　「魚」
	宮原昭夫　「やわらかい兇器」
第58回 1967(S42)年 下半期	**柏原兵三　「徳山道助の帰郷」**
	桑原幹夫　「死の翼の下に」
	佐江衆一　「風」
	丸谷才一　「秘密」
	勝目　梓　「マイ・カァニヴァル」
	佐木隆三　「奇蹟の市」
	阿部　昭　「東京の春」
第59回 1968(S43)年 上半期	**大庭みな子「三匹の蟹」**
	丸谷才一　「年の残り」
	山田　稔　「幸福へのパスポート」
	後藤明生　「S温泉からの報告」
	斎藤昌三　「拘禁」
	加賀乙彦　「くさびら譚」
	山田智彦　「予言者」
	杉田瑞子　「北の港」
第60回 1968(S43)年 下半期	該当作なし
	斎藤昌三　「夜への落下」
	山田　稔　「犬のように」
	阿部　昭　「未成年」
	佐江衆一　「客」
	山田智彦　「父の謝肉祭」
	山崎柳子　「針魚」
	宮原昭夫　「待っている時間」
	黒井千次　「穴と空」
	後藤明生　「私的生活」
第61回 1969(S44)年 上半期	**庄司　薫　「赤頭巾ちゃん気をつけて」**
	田久保英夫「深い河」
	直井　潔　「歓喜」
	黒井千次　「時間」
	奥野忠昭　「煙へ飛翔」
	佐江衆一　「青年よ、大志をいだこう」
	阿部　昭　「大いなる日」
	後藤明生　「笑い地獄」
第62回 1969(S44)年 下半期	**清岡卓行　「アカシヤの大連」**
	畑山　博　「四階のアメリカ」
	森内俊雄　「幼き者は驢馬に乗って」
	森　万紀子「密約」
	内海隆一郎「蟹の町」
	岡本達也　「幕間」
	坂上　弘　「コスモスの咲く町」
	黒井千次　「星のない部屋」
	李　恢成　「われら青春の途上にて」
	古井由吉　「円陣を組む女たち」
第63回 1970(S45)年 上半期	**古山高麗雄「プレオー8の夜明け」**
	吉田知子　「無明長夜」
	古井由吉　「男たちの円居」
	李　恢成　「証人のいない光景」
	高橋たか子「囚われ」
	金井美恵子「夢の時間」
	黒井千次　「赤い樹木」
	奥野忠昭　「空騒」
第64回 1970(S45)年 下半期	**古井由吉　「杳子」**
	畑山　博　「狩られる者たち」
	日野啓三　「めぐらざる夏」
	李　恢成　「伽倻子のために」
	森内俊雄　「〈傷〉」
	古井由吉　「妻隠」
	倉島　斉　「兄」
	黒井千次　「闇の船」
第65回 1971(S46)年 上半期	該当作なし
	高橋たか子「彼方の水音」
	畑山　博　「はにわの子たち」
	金　石範　「万徳幽霊奇譚」
	森　万紀子「黄色い娼婦」
	山田智彦　「実験室」
	森内俊雄　「骨川に行く」
	李　恢成　「青丘の宿」
	花輪莞爾　「渋面の祭」
第66回 1971(S46)年	**李　恢成　「砧をうつ女」**
	東　峰夫　「オキナワの少年」

芥川賞候補作一覧

回／年	候補作
下半期	後藤みな子「刻を曳く」
	長谷川　修「まぼろしの風景画」
	高橋たか子「共生空間」
	加藤富夫　「玩具の兵隊」
	秦　恒平　「廬山」
	富岡多恵子「イバラの燃える音」
	花輪莞爾　「触れられた闇」
	大久保　操「昨夜は鮮か」
第67回 1972(S47)年 上半期	**宮原昭夫　「誰かが触った」**
	畑山　博　「いつか汽笛を鳴らして」
	山田智彦　「家を出る」
	津島佑子　「狐を孕む」
	森　泰三　「冬へ」
	後藤みな子「三本の釘の重さ」
	鄭　承博　「裸の捕虜」
	富岡多恵子「仕かけのある静物」
	森内俊雄　「春の往復」
	中川芳郎　「島の光」
第68回 1972(S47)年 下半期	**山本道子　「ベティさんの庭」**
	郷　静子　「れくいえむ」
	野呂邦暢　「海辺の広い庭」
	山田智彦　「蟻の塔」
	富岡多恵子「窓の向うに動物が走る」
	三木　卓　「ミッドワイフの家」
	高橋光子　「遺る罪は在らじと」
	加藤富夫　「酋長」
第69回 1973(S48)年 上半期	**三木　卓　「鶸」**
	野呂邦暢　「鳥たちの河口」
	中上健次　「十九歳の地図」
	青木八束　「蛇いちごの周囲」
	高橋たか子「失われた絵」
	森内俊雄　「眉山」
	津島佑子　「壜のなかの子ども」
	加藤富夫　「口髭と虱」
第70回 1973(S48)年 下半期	**森　敦　「月山」**
	野呂邦暢　「草のつるぎ」
	日野啓三　「此岸の家」

回／年	候補作
	岡松和夫　「墜ちる男」
	太田道子　「流蜜のとき」
	津島佑子　「火屋」
	吉田健至　「ネクタイの世界」
	金　鶴泳　「石の道」
	高橋昌男　「白蟻」
第71回 1974(S49)年 上半期	該当作なし
	日野啓三　「浮ぶ部屋」
	岡松和夫　「小蟹のいる村」
	太田道子　「微熱のとき」
	金　鶴泳　「夏の亀裂」
	高橋昌男　「道化の背景」
	福沢英敏　「アイの問題」
	太佐　順　「『父』の年輪」
	山本孝夫　「笑い声」
第72回 1974(S49)年 下半期	**阪田寛夫　「土の器」**
	日野啓三　「あの夕陽」
	三浦清宏　「赤い帆」
	中上健次　「鳩どもの家」
	梅原稜子　「夏の家」
	岡松和夫　「熊野」
	山本孝夫　「胸の暗がり」
第73回 1975(S50)年 上半期	**林　京子　「祭りの場」**
	中上健次　「浄徳寺ツアー」
	高橋揆一郎「清吉の暦」
	波多野文彦「真夜中のパズル」
	岩橋邦枝　「暮色の深まり」
	島村利正　「青い沼」
	梅原稜子　「掌の光景」
	小沢冬雄　「営巣記」
第74回 1975(S50)年 下半期	**中上健次　「岬」**
	岡松和夫　「志賀島」
	小沢冬雄　「黒い風を見た……」
	小林信彦　「丘の一族」
	高橋昌男　「藁のぬくもり」
	吉行理恵　「針の穴」
	加藤富夫　「さらば、海軍」

回／年	候補作
第75回 1976(S51)年 上半期	**村上　龍　「限りなく透明に近いブルー」**
	岩橋邦枝　「冬空」
	寺久保友哉「棄小舟」
	小檜山　博「出刃」
	梅原稜子　「蔓の実」
	光岡　明　「いづくの蟹」
	森　泰三　「結婚」
第76回 1976(S51)年 下半期	該当作なし
	小久保　均「夏の刻印」
	小林信彦　「家の旗」
	中村昌義　「静かな日」
	寺久保友哉「陽ざかりの道」
	小沼　燦　「金魚」
	金　鶴泳　「冬の光」
	神山圭介　「鴇色の武勲詩」
第77回 1977(S52)年 上半期	**三田誠広　「僕って何」**
	池田満寿夫「エーゲ海に捧ぐ」
	高橋揆一郎「観音力疾走」
	小林信彦　「八月の視野」
	上西晴治　「オコシップの遺品」
	寺久保友哉「こころの匂い」
	高橋三千綱「五月の傾斜」
	光岡　明　「奥義」
第78回 1977(S52)年 下半期	**宮本　輝　「螢川」**
	高城修三　「榧の木祭り」
	中野孝次　「鳥屋の日々」
	光岡　明　「湿舌」
	高橋揆一郎「日蔭の椅子」
	杉本研士　「蔦の翳り」
	寺久保友哉「火の影」
	中村昌義　「出立の冬」
第79回 1978(S53)年 上半期	**高橋三千綱「九月の空」**
	高橋揆一郎「伸予」
	増田みず子「個室の鍵」
	光岡　明　「草と草との距離」
	重兼芳子　「ベビーフード」
	金　鶴泳　「鑿」
	中野孝次　「雪ふる年よ」
第80回 1978(S53)年 下半期	該当作なし
	増田みず子「桜寮」
	松浦理英子「葬儀の日」
	中村昌義　「淵の声」
	重兼芳子　「髪」
	立松和平　「赤く照り輝く山」
	青野　聰　「母と子の契約」
	丸元淑生　「秋月へ」
第81回 1979(S54)年 上半期	**重兼芳子　「やまあいの煙」**
	青野　聰　「愚者の夜」
	立松和平　「閉じる家」
	村上春樹　「風の歌を聴け」
	北澤三保　「逆立ち犬」
	増田みず子「ふたつの春」
	玉貫　寛　「蘭の跡」
	吉川　良　「八月の光を受けよ」
第82回 1979(S54)年 下半期	**森　禮子　「モッキングバードのいる町」**
	森　瑤子　「誘惑」
	増田みず子「慰霊祭まで」
	吉川　良　「その涙ながらの日」
	松浦理英子「乾く夏」
	立松和平　「村雨」
	尾辻克彦　「肌ざわり」
	小関智弘　「羽田浦地図」
第83回 1980(S55)年 上半期	該当作なし
	吉川　良　「神田村」
	村上　節　「狸」
	尾辻克彦　「闇のヘルペス」
	飯尾憲士　「ソウルの位牌」
	丸元淑生　「羽ばたき」
	村上春樹　「一九七三年のピンボール」
	北澤三保　「狩人たちの祝宴」
第84回 1980(S55)年 下半期	**尾辻克彦　「父が消えた」**
	高樹のぶ子「その細き道」
	嶋岡　晨　「裏返しの夜空」
	土居良一　「島影」

芥川賞候補作一覧

回／年	候補作
	木崎さと子「裸足」
	小沼　燦「人形」
	丸元淑生「遠い朝」
	田中康夫「なんとなく、クリスタル」
第85回 1981(S56)年 上半期	**吉行理恵「小さな貴婦人」**
	宮内勝典「金色の象」
	小関智弘「祀る町」
	長谷川　卓「百舌が啼いてから」
	木崎さと子「火炎木」
	上田真澄「真澄のツー」
	森　瑤子「傷」
	峰原緑子「風のけはい」
第86回 1981(S56)年 下半期	該当作なし
	髙樹のぶ子「遠すぎる友」
	増田みず子「小さな娼婦」
	宮内勝典「火の降る日」
	木崎さと子「離郷」
	車谷長吉「万蔵の場合」
	佐藤泰志「きみの鳥はうたえる」
	飯尾憲士「隻眼の人」
	喜多哲正「影の怯え」
第87回 1982(S57)年 上半期	該当作なし
	平岡篤頼「消えた煙突」
	南木佳士「重い陽光」
	高橋洋子「通りゃんせ」
	木辺弘児「水果て」
	田中健三「あなしの吹く頃」
	嶋岡　晨「《ポー》の立つ時間」
	木崎さと子「吹き流し」
第88回 1982(S57)年 下半期	**唐　十郎「佐川君からの手紙」**
	加藤幸子「夢の壁」
	南木佳士「活火山」
	佐藤泰志「空の青み」
	木崎さと子「白い原」
	李　良枝「ナビ・タリョン」
	田野武裕「浮上」
第89回 1983(S58)年 上半期	該当作なし
	増田みず子「内気な夜景」
	伊井直行「草のかんむり」
	高橋昌男「町の秋」
	李　良枝「かずきめ」
	池田章一「退屈まつり」
	髙樹のぶ子「追い風」
	島田雅彦「優しいサヨクのための嬉遊曲」
	佐藤泰志「水晶の腕」
第90回 1983(S58)年 下半期	**笠原　淳「杢二の世界」**
	髙樹のぶ子「光抱く友よ」
	干刈あがた「ウホッホ探険隊」
	佐藤泰志「黄金の服」
	平岡篤頼「赤い罌粟の花」
	島田雅彦「亡命旅行者は叫び呟く」
	梅原稜子「四国山」
	赤羽建美「住宅」
第91回 1984(S59)年 上半期	該当作なし
	伊井直行「パパの伝説」
	小沼　燦「藪に入る女」
	桐山　襲「スターバト・マーテル」
	島田雅彦「夢遊王国のための音楽」
	高瀬千図「イチの朝」
	田野武裕「艫綱」
	干刈あがた「ゆっくり東京女子マラソン」「入江の宴」
第92回 1984(S59)年 下半期	**木崎さと子「青桐」**
	土居良一「青空の行方」
	南木佳士「木の家」
	李　良枝「刻」
	高瀬千図「夏の淵」
	木辺弘児「月の踏み跡」
	桐山　襲「風のクロニクル」
第93回 1985(S60)年 上半期	該当作なし
	高橋睦郎「見えない絵」
	島田雅彦「僕は模造人間」
	海辺鷹彦「黄色い斥候」
	石和　鷹「掌の護符」
	佐藤泰志「オーバー・フェンス」

回／年	候補作
	李　起昇　「ゼロはん」
第94回 1985(S60)年 下半期	**米谷ふみ子「過越しの祭」**
	小林恭二　「小説伝」
	佐佐木邦子「卵」
	辻原　登　「犬かけて」
	石和　鷹　「果つる日」
	山田詠美　「ベッドタイムアイズ」
	南木佳士　「エチオピアからの手紙」
第95回 1986(S61)年 上半期	該当作なし
	中村　淳　「風の詩」
	海辺鷹彦　「ボラ蔵の翼」
	島田雅彦　「ドンナ・アンナ」
	新井　満　「サンセット・ビーチ・ホテル」
	山田詠美　「ジェシーの背骨」
	村田喜代子「熱愛」
	藤本恵子　「比叡を仰ぐ」
第96回 1986(S61)年 下半期	該当作なし
	山本昌代　「豚神祀り」
	村田喜代子「盟友」
	干刈あがた「ホーム・パーティ」
	多田尋子　「白い部屋」
	島田雅彦　「未確認尾行物体」
	山田詠美　「蝶々の纏足」
	新井　満　「苺」
第97回 1987(S62)年 上半期	**村田喜代子「鍋の中」**
	飯田　章　「あしたの熱に身もほそり」
	尾崎昌躬　「東明の浜」
	飛鳥ゆう　「草地の家々」
	山本昌代　「春のたより」
	夫馬基彦　「緑色の渚」
	新井　満　「ヴェクサシオン」
第98回 1987(S62)年 下半期	**池澤夏樹　「スティル・ライフ」**
	三浦清宏　「長男の出家」
	図子英雄　「カワセミ」
	清水邦夫　「BARBER・ニューはま」
	吉田直哉　「ジョナリアの噂」
	夫馬基彦　「金色の海」

回／年	候補作
	谷口哲秋　「遠方より」
第99回 1988(S63)年 上半期	**新井　満　「尋ね人の時間」**
	佐伯一麦　「端午」
	岩森道子　「雪迎え」
	夫馬基彦　「紅葉の秋の」
	坂谷照美　「四日間」
	吉本ばなな「うたかた」
第100回 1988(S63)年 下半期	**南木佳士　「ダイヤモンドダスト」**
	李　良枝　「由熙」
	司　修　「バー螺旋のホステス笑子の周辺」
	清水邦夫　「月潟鎌を買いにいく旅」
	吉本ばなな「サンクチュアリ」
	岩森道子　「香水蘭」
	多田尋子　「単身者たち」
	大岡　玲　「黄昏のストーム・シーディング」
第101回 1989(H1)年 上半期	該当作なし
	小川洋子　「完璧な病室」
	崎山多美　「水上往還」
	伊井直行　「さして重要でない一日」
	多田尋子　「裔の子」
	鷺沢　萠　「帰れぬ人びと」
	大岡　玲　「わが美しのポイズンヴィル」
	魚住陽子　「静かな家」
	荻野アンナ「うちのお母んがお茶を飲む」
第102回 1989(H1)年 下半期	**瀧澤美恵子「ネコババのいる町で」**
	大岡　玲　「表層生活」
	長竹裕子　「植物工場」
	多田尋子　「白蛇の家」
	中村隆資　「流離譚」
	荻野アンナ「ドアを閉めるな」
	小川洋子　「ダイヴィングプール」
第103回 1990(H2)年 上半期	**辻原　登　「村の名前」**
	佐伯一麦　「ショート・サーキット」
	奥泉　光　「滝」
	清水邦夫　「風鳥」
	小川洋子　「冷めない紅茶」
	荻野アンナ「スペインの城」

芥川賞候補作一覧

回／年	候補作
	河林　満　「渇水」
第104回 1990（H2）年 下半期	**小川洋子　「妊娠カレンダー」**
	有爲エンジェル「踊ろう、マヤ」
	鷺沢　萠　「葉桜の日」
	村上政彦　「ドライヴしない？」
	福元正實　「七面鳥の森」
	稲葉真弓　「琥珀の町」
	崎山多美　「シマ籠る」
第105回 1991（H3）年 上半期	**辺見　庸　「自動起床装置」**
	荻野アンナ「背負い水」
	村上政彦　「ナイスボール」
	魚住陽子　「別々の皿」
	長竹裕子　「静かな部屋」
	多田尋子　「体温」
第106回 1991（H3）年 下半期	**松村栄子　「至高聖所」**
	藤本恵子　「南港」
	奥泉　光　「暴力の舟」
	村上政彦　「青空」
	田野武裕　「夕映え」
	多田尋子　「毀れた絵具箱」
第107回 1992（H4）年 上半期	**藤原智美　「運転士」**
	野中　柊　「アンダーソン家のヨメ」
	村上政彦　「量子のベルカント」
	塩野米松　「昔の地図」
	鷺沢　萠　「ほんとうの夏」
	多和田葉子「ペルソナ」
	安斎あざみ「樹木内侵入臨床士」
第108回 1992（H4）年 下半期	**多和田葉子「犬婿入り」**
	魚住陽子　「流れる家」
	小浜清志　「消える島」
	角田光代　「ゆうべの神様」
	野中　柊　「チョコレット・オーガズム」
	奥泉　光　「三つ目の鯰」
第109回 1993（H5）年 上半期	**吉目木晴彦「寂寥郊野」**
	角田光代　「ピンク・バス」
	塩野米松　「オレオレの日」
	久間十義　「海で三番目に強いもの」
	村上政彦　「分界線」
	河林　満　「穀雨」
第110回 1993（H5）年 下半期	**奥泉　光　「石の来歴」**
	角田光代　「もう一つの扉」
	笙野頼子　「二百回忌」
	石黒達昌　「平成3年5月2日、後天性免疫不全症候群にて急逝された明寺伸彦博士、並びに……」
	引間　徹　「19分25秒」
	辻　仁成　「母なる凪と父なる時化」
第111回 1994（H6）年 上半期	**笙野頼子　「タイムスリップ・コンビナート」**
	室井光広　「おどるでく」
	阿部和重　「アメリカの夜」
	小浜清志　「後生橋」
	中原文夫　「不幸の探究」
	塩野米松　「空っぽの巣」
	三浦俊彦　「これは餡パンではない」
第112回 1994（H6）年 下半期	該当作なし
	内田春菊　「キオミ」
	伊達一行　「光の形象」
	引間　徹　「地下鉄の軍曹」
	三浦俊彦　「蜜林レース」
	中村邦生　「ドッグ・ウォーカー」
第113回 1995（H7）年 上半期	**保坂和志　「この人の閾」**
	柳　美里　「フルハウス」
	藤沢　周　「外回り」
	車谷長吉　「漂流物」
	川上弘美　「婆」
	青来有一　「ジェロニモの十字架」
第114回 1995（H7）年 下半期	**又吉栄喜　「豚の報い」**
	柳　美里　「もやし」
	中村邦生　「森への招待」
	伊井直行　「三月生まれ」
	原口真智子「クレオメ」
	三浦俊彦　「エクリチュール元年」
第115回 1996（H8）年 上半期	**川上弘美　「蛇を踏む」**
	塩野米松　「ペーパーノーチラス」
	山本昌代　「海鳴り」

回／年	候補作
	リービ英雄「天安門」
	福島次郎　「バスタオル」
	青来有一　「ウネメの家」
第116回 1996(H8)年 下半期	**柳　美里　「家族シネマ」**
	辻　仁成　「海峡の光」
	町田　康　「くっすん大黒」
	伊達一行　「夜の落とし子」
	青来有一　「泥海の兄弟」
	デビット・ゾペティ「いちげんさん」
第117回 1997(H9)年 上半期	**目取真　俊「水滴」**
	佐藤亜有子「葡萄」
	藤沢　周　「サイゴン・ピックアップ」
	伊達一行　「水のみち」
	鷺沢　萠　「君はこの国を好きか」
	吉田修一　「最後の息子」
第118回 1997(H9)年 下半期	該当作なし
	阿部和重　「トライアングルズ」
	吉田修一　「破片」
	広谷鏡子　「げつようびのこども」
	藤沢　周　「砂と光」
	弓　透子　「ハドソン河の夕日」
第119回 1998(H10)年 上半期	**藤沢　周　「ブエノスアイレス午前零時」**
	花村萬月　「ゲルマニウムの夜」
	町田　康　「けものがれ、俺らの猿と」
	辻　章　「青山」
	大塚銀悦　「濁世」
	伊藤比呂美「ハウス・プラント」
	若合春侑　「脳病院へまゐります。」
第120回 1998(H10)年 下半期	**平野啓一郎「日蝕」**
	若合春侑　「カタカナ三十九字の遺書」
	安達千夏　「あなたがほしい」
	福島次郎　「蝶のかたみ」
	赤坂真理　「ヴァイブレータ」
第121回 1999(H11)年 上半期	該当作なし
	藤野千夜　「恋の休日」
	大塚銀悦　「壺中の獄」
	伊藤比呂美「ラニーニャ」
	松浦寿輝　「幽」
	若合春侑　「掌の小石」
	玄　月　「おっぱい」
	青来有一　「信長の守護神」
第122回 1999(H11)年 下半期	**玄　月　「蔭の棲みか」**
	藤野千夜　「夏の約束」
	吉田修一　「突風」
	宮沢章夫　「サーチエンジン・システムクラッシュ」
	濱田順子　「Tiny, tiny」
	赤坂真理　「ミューズ」
	楠見朋彦　「零歳の詩人」
第123回 2000(H12)年 上半期	**町田　康　「きれぎれ」**
	松浦寿輝　「花腐し」
	岡崎祥久　「楽天屋」
	楠見朋彦　「マルコ・ポーロと私」
	佐藤洋二郎「猫の喪中」
	大道珠貴　「裸」
第124回 2000(H12)年 下半期	**青来有一　「聖水」**
	堀江敏幸　「熊の敷石」
	大道珠貴　「スッポン」
	吉田修一　「熱帯魚」
	玄侑宗久　「水の舳先」
	黒川　創　「もどろき」
第125回 2001(H13)年 上半期	**玄侑宗久　「中陰の花」**
	阿部和重　「ニッポニアニッポン」
	佐川光晴　「ジャムの空壜」
	清水博子　「処方箋」
	長嶋　有　「サイドカーに犬」
	和田ゆりえ「光への供物」
第126回 2001(H13)年 下半期	**長嶋　有　「猛スピードで母は」**
	石黒達昌　「真夜中の方へ」
	岡崎祥久　「南へ下る道」
	鈴木弘樹　「グラウンド」
	大道珠貴　「ゆううつな苺」
	法月ゆり　「六フィート下から」
第127回 2002(H14)年	**吉田修一　「パーク・ライフ」**
	黒川　創　「イカロスの森」

芥川賞候補作一覧

回／年	候補作
上半期	佐川光晴　「縮んだ愛」
	法月ゆり　「彼女のピクニック宣言」
	星野智幸　「砂の惑星」
	湯本香樹実「西日の町」
第128回 2002(H14)年 下半期	**大道珠貴　「しょっぱいドライブ」**
	小野正嗣　「水死人の帰還」
	島本理生　「リトル・バイ・リトル」
	中村文則　「銃」
	松井雪子　「イエロー」
	和田ゆりえ「鏡の森」
第129回 2003(H15)年 上半期	**吉村萬壱　「ハリガネムシ」**
	絲山秋子　「イッツ・オンリー・トーク」
	栗田有起　「お縫い子テルミー」
	中村　航　「夏休み」
	中村文則　「遮光」
第130回 2003(H15)年 下半期	**金原ひとみ「蛇にピアス」**
	綿矢りさ　「蹴りたい背中」
	絲山秋子　「海の仙人」
	島本理生　「生まれる森」
	中村　航　「ぐるぐるまわるすべり台」
第131回 2004(H16)年 上半期	**モブ・ノリオ「介護入門」**
	絲山秋子　「勤労感謝の日」
	栗田有起　「オテル・モル」
	佐川光晴　「弔いのあと」
	舞城王太郎「好き好き大好き超愛してる。」
	松井雪子　「日曜農園」
第132回 2004(H16)年 下半期	**阿部和重　「グランド・フィナーレ」**
	石黒達昌　「目をとじるまでの短かい間」
	井村恭一　「不在の姉」
	白岩　玄　「野ブタ。をプロデュース」
	田口賢司　「メロウ1983」
	中島たい子「漢方小説」
	山崎ナオコーラ「人のセックスを笑うな」
第133回 2005(H17)年 上半期	**中村文則　「土の中の子供」**
	伊藤たかみ「無花果カレーライス」
	楠見朋彦　「小鳥の母」
	栗田有起　「マルコの夢」
	中島たい子「この人と結婚するかも」
	樋口直哉　「さよなら アメリカ」
	松井雪子　「恋蜘蛛」
第134回 2005(H17)年 下半期	**絲山秋子　「沖で待つ」**
	伊藤たかみ「ボギー、愛しているか」
	佐川光晴　「銀色の翼」
	清水博子　「vanity」
	西村賢太　「どうで死ぬ身の一踊り」
	松尾スズキ「クワイエットルームにようこそ」
第135回 2006(H18)年 上半期	**伊藤たかみ「八月の路上に捨てる」**
	鹿島田真希「ナンバーワン・コンストラクション」
	島本理生　「大きな熊が来る前に、おやすみ。」
	中原昌也　「点滅……」
	本谷有希子「生きてるだけで、愛。」
第136回 2006(H18)年 下半期	**青山七恵　「ひとり日和」**
	佐川光晴　「家族の肖像」
	柴崎友香　「その街の今は」
	田中慎弥　「図書準備室」
	星野智幸　「植物診断室」
第137回 2007(H19)年 上半期	**諏訪哲史　「アサッテの人」**
	円城　塔　「オブ・ザ・ベースボール」
	川上未映子「わたくし率イン歯ー、または世界」
	柴崎友香　「主題歌」
	前田司郎　「グレート生活アドベンチャー」
	松井雪子　「アウラ アウラ」
第138回 2007(H19)年 下半期	**川上未映子「乳と卵」**
	田中慎弥　「切れた鎖」
	津村記久子「カソウスキの行方」
	中山智幸　「空で歌う」
	西村賢太　「小銭をかぞえる」
	山崎ナオコーラ「カツラ美容室別室」
	楊　逸　「ワンちゃん」
第139回 2008(H20)年 上半期	**楊　逸　「時が滲む朝」**
	磯崎憲一郎「眼と太陽」
	岡崎祥久　「ctの深い川の町」
	小野正嗣　「マイクロバス」
	木村紅美　「月食の日」

回／年	候補作
	津村記久子「婚礼、葬礼、その他」
	羽田圭介　「走ル」
第140回 2008(H20)年 下半期	**津村記久子「ポトスライムの舟」**
	鹿島田真希「女の庭」
	墨谷　渉　「潰玉」
	田中慎弥　「神様のいない日本シリーズ」
	山崎ナオコーラ「手」
	吉原清隆　「不正な処理」
第141回 2009(H21)年 上半期	**磯崎憲一郎「終の住処」**
	戌井昭人　「まずいスープ」
	シリン・ネザマフィ「白い紙」
	藤野可織　「いけにえ」
	松波太郎　「よもぎ学園高等学校蹴球部」
	本谷有希子「あの子の考えることは変」
第142回 2009(H21)年 下半期	該当作なし
	大森兄弟　「犬はいつも足元にいて」
	羽田圭介　「ミート・ザ・ビート」
	藤代　泉　「ボーダー&レス」
	舞城王太郎「ビッチマグネット」
	松尾スズキ「老人賭博」
第143回 2010(H22)年 上半期	**赤染晶子　「乙女の密告」**
	鹿島田真希「その暁のぬるさ」
	柴崎友香　「ハルツームにわたしはいない」
	シリン・ネザマフィ「拍動」
	広小路尚祈「うちに帰ろう」
	穂田川洋山「自由高さH」
第144回 2010(H22)年 下半期	**朝吹真理子「きことわ」**
	西村賢太　「苦役列車」
	小谷野　敦「母子寮前」
	田中慎弥　「第三紀層の魚」
	穂田川洋山「あぶらびれ」
第145回 2011(H23)年 上半期	該当作なし
	石田　千　「あめりかむら」
	戌井昭人　「ぴんぞろ」
	円城　塔　「これはペンです」
	水原　涼　「甘露」
	本谷有希子「ぬるい毒」
	山崎ナオコーラ「ニキの屈辱」
第146回 2011(H23)年 下半期	**円城　塔　「道化師の蝶」**
	田中慎弥　「共喰い」
	石田　千　「きなりの雲」
	広小路尚祈「まちなか」
	吉井磨弥　「七月のばか」
第147回 2012(H24)年 上半期	**鹿島田真希「冥土めぐり」**
	戌井昭人　「ひっ」
	鈴木善徳　「河童日誌」
	舞城王太郎「短篇五芒星」
	山下澄人　「ギッちょん」
第148回 2012(H24)年 下半期	**黒田夏子　「abさんご」**
	小野正嗣　「獅子渡り鼻」
	北野道夫　「関東平野」
	高尾長良　「肉骨茶」
	舞城王太郎「美味しいシャワーヘッド」
第149回 2013(H25)年 上半期	**藤野可織　「爪と目」**
	いとうせいこう「想像ラジオ」
	戌井昭人　「すっぽん心中」
	鶴川健吉　「すなまわり」
	山下澄人　「砂漠ダンス」
第150回 2013(H25)年 下半期	**小山田浩子「穴」**
	いとうせいこう「鼻に挟み撃ち」
	岩城けい　「さようなら、オレンジ」
	松波太郎　「LIFE」
	山下澄人　「コルバトントリ」
第151回 2014(H26)年 上半期	**柴崎友香　「春の庭」**
	戌井昭人　「どろにやいと」
	小林エリカ「マダム・キュリーと朝食を」
	羽田圭介　「メタモルフォシス」
	横山悠太　「吾輩ハ猫ニナル」
第152回 2014(H26)年 下半期	**小野正嗣　「九年前の祈り」**
	上田岳弘　「惑星」
	小谷野　敦「ヌエのいた家」
	高尾長良　「影媛」
	高橋弘希　「指の骨」

芥川賞選考委員一覧(第152回まで)

第1回 S10上	第2回 下	第3回 S11上	第4回 下	第5回 S12上	第6回 下	第7回 S13上	第8回 下	第9回 S14上	第10回 下	第11回 S15上	第12回 下	第13回 S16上	第14回 下	第15回 S17上
瀧井孝作														
谷崎潤一郎														
小島政二郎														
菊池　寛														
久米正雄														
横光利一														
山本有三														
佐藤春夫														
佐佐木茂索														
室生犀星														
川端康成														
					宇野浩二									

第31回 S29上	第32回 下	第33回 S30上	第34回 下	第35回 S31上	第36回 下	第37回 S32上	第38回 下	第39回 S33上	第40回 下	第41回 S34上	第42回 下	第43回 S35上	第44回 下	第45回 S36上
瀧井孝作														
丹羽文雄														
舟橋聖一														
石川達三														
佐藤春夫														
川端康成														
宇野浩二														
	井上　靖													
			中村光夫											
								永井龍男						
								井伏鱒二						
坂口安吾														

第16回下	第17回上 S18	第18回下	第19回上 S19	第20回下	第21回上 S24	第22回下	第23回上 S25	第24回下	第25回上 S26	第26回下	第27回上 S27	第28回下	第29回上 S28	第30回下
—	—	—	—	—	—	—	—	—	—	—	—	—	—	→
→	岸田國士	—	—	—	—	—	—	—	—	—	—	—	—	→
→	片岡鐵兵	—	→		丹羽文雄	—	—	—	—	—	—	—	—	→
→	河上徹太郎	—	—	→	舟橋聖一	—	—	—	—	—	—	—	—	→
→		火野葦平	—	→	石川達三	—	—	—	—	—	—	—	—	→
—	—	—	—	→	坂口安吾	—	—	—	—	—	—	—	—	→
→														
—	—	—	—	—	—	—	—	—	—	—	—	—	—	→
→														
→														
—	—	—	—	—	—	—	—	—	—	—	—	—	—	→
→					宇野浩二	—	—	—	—	—	—	—	—	→

第46回下	第47回上 S37	第48回下	第49回上 S38	第50回下	第51回上 S39	第52回下	第53回上 S40	第54回下	第55回上 S41	第56回下	第57回上 S42	第58回下	第59回上 S43	第60回下
—	—	—	—	—	—	—	—	—	—	—	—	—	—	→
—	—	—	—	—	—	—	—	—	—	—	—	—	—	→
—	—	—	—	—	—	—	—	—	—	—	—	—	—	→
—	—	—	—	—	—	—	—	—	—	—	—	—	—	→
→	石川 淳	—	—	—	—	—	—	—	—	—	—	—	—	→
—	—	—	—	—	—	—	—	—	—	—	—	—	—	→
	高見 順	—	—	—	—	—	→		三島由紀夫	—	—	—	—	→
—	—	—	—	—	—	—	—	—	—	—	—	—	—	→
—	—	—	—	—	—	—	—	—	—	—	—	—	—	→
—	—	—	—	—	—	—	—	—	—	—	—	—	—	→
—	—	—	—	—	—	—	—	→	大岡昇平	—	—	—	—	→

芥川賞選考委員一覧

第61回 S44上	第62回下	第63回 S45上	第64回下	第65回 S46上	第66回下	第67回 S47上	第68回下	第69回 S48上	第70回下	第71回 S49上	第72回下	第73回 S50上	第74回下	第75回 S5
瀧井孝作	→	→	→	→	→	→	→	→	→	→	→	→	→	→
丹羽文雄	→	→	→	→	→	→	→	→	→	→	→	→	→	→
舟橋聖一	→	→	→	→	→	→	→	→	→	→	→	→		
川端康成	→	→	→	→	→									
石川達三	→	→	→	→										
井上　靖	→	→	→	→	→	→	→	→	→	→	→	→	→	→
中村光夫	→	→	→	→	→	→	→	→	→	→	→	→	→	→
永井龍男	→	→	→	→	→	→	→	→	→	→	→	→	→	→
石川　淳	→	→	→	→										
大岡昇平	→	→	→	→	→	→	→	→	→	→	→	→	→	
三島由紀夫	→	→			安岡章太郎	→	→	→	→	→	→	→	→	→
					吉行淳之介	→	→	→	→	→	→	→	→	→

第91回 S59上	第92回下	第93回 S60上	第94回下	第95回 S61上	第96回下	第97回 S62上	第98回下	第99回 S63上	第100回下	第101回 H1上	第102回下	第103回 H2上	第104回下	第105回 H3上
三浦哲郎	→	→	→	→	→	→	→	→	→	→	→	→	→	→
丹羽文雄			水上　勉	→	→	→	→	→	→	→	→	→		
丸谷才一	→	→										丸谷才一	→	→
中村光夫	→	→	→	→		日野啓三	→	→	→	→	→	→	→	→
安岡章太郎	→	→	→	→	→	黒井千次	→	→	→	→	→	→	→	→
吉行淳之介	→	→	→	→	→	→	→	→	→	→	→	→	→	→
遠藤周作	→	→	→	→	→	大庭みな子	→	→	→	→	→	→	→	→
大江健三郎												大江健三郎	→	→
開　高　健	→	→	→	→	→	→	→	→	→	→				
			古井由吉	→	→	→	→	→	→	→	→	→	→	→
			田久保英夫	→	→	→	→	→	→	→	→	→	→	→
						河野多恵子	→	→	→	→	→	→	→	→

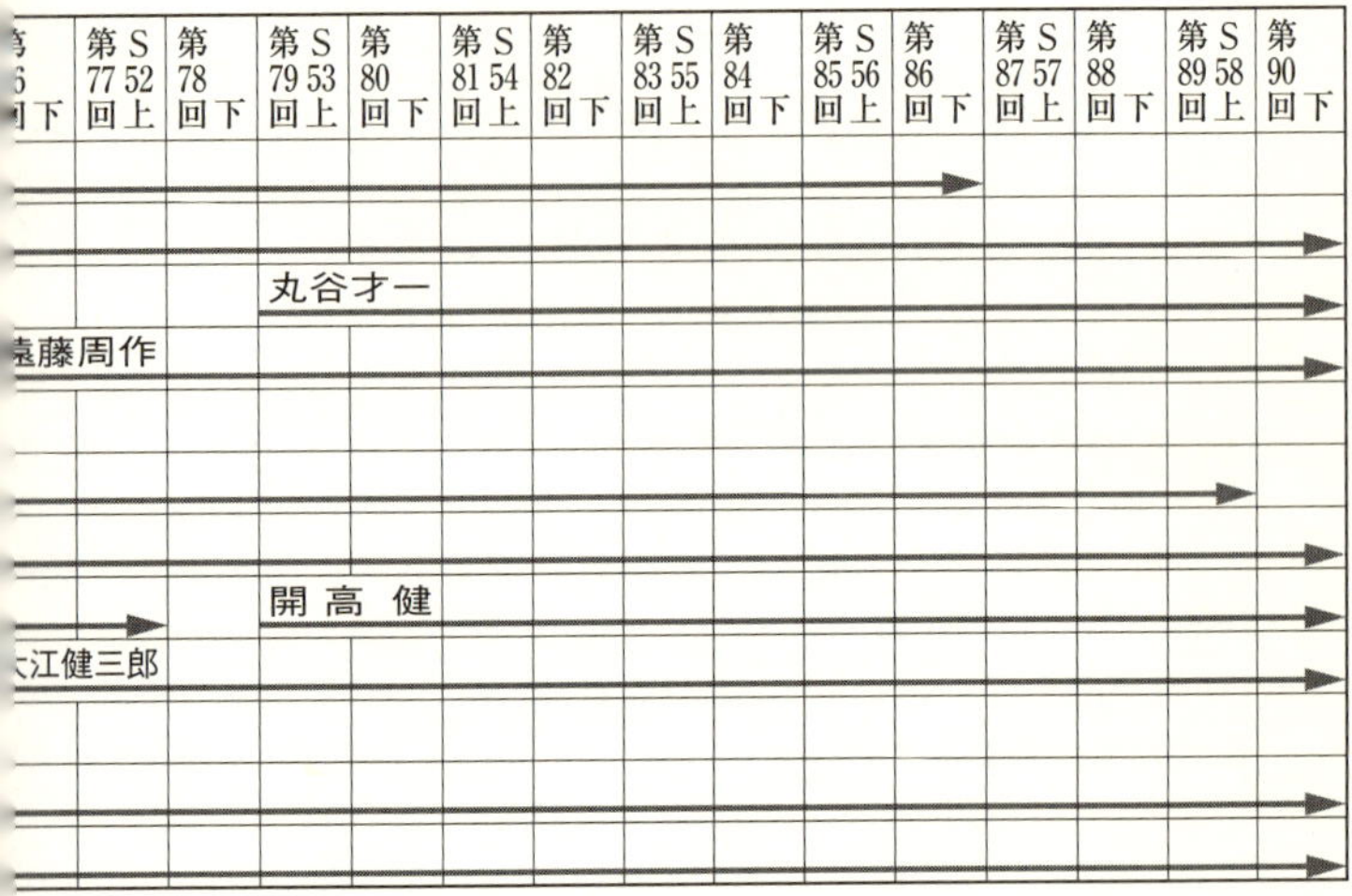

第76回下
第77回 S52 上
第78回下
第79回 S53 上
第80回下
第81回 S54 上
第82回下
第83回 S55 上
第84回下
第85回 S56 上
第86回下
第87回 S57 上
第88回下
第89回 S58 上
第90回下
丸谷才一
遠藤周作
開高 健
大江健三郎

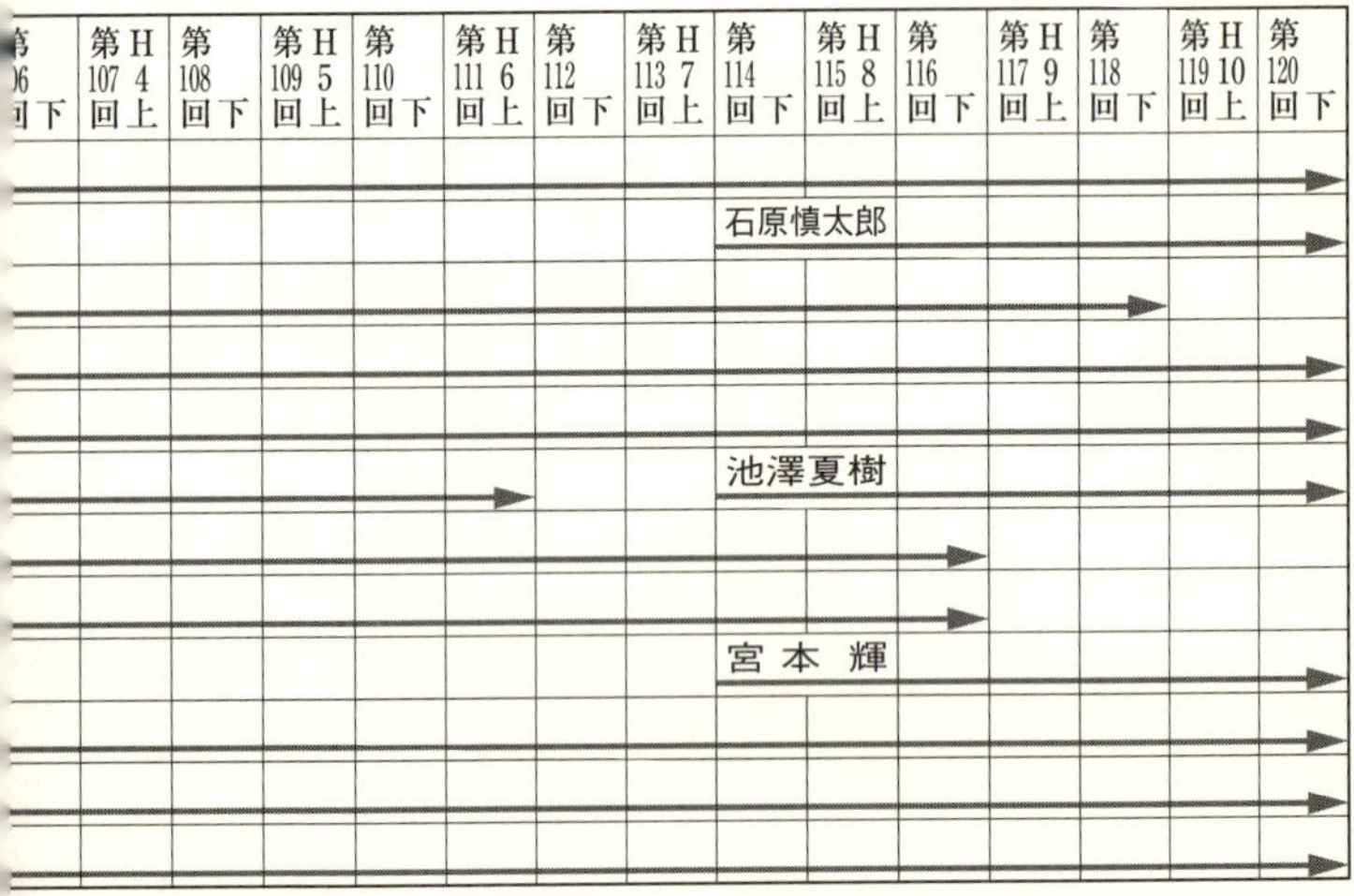

第106回下
第107回 H4 上
第108回下
第109回 H5 上
第110回下
第111回 H6 上
第112回下
第113回 H7 上
第114回下
第115回 H8 上
第116回下
第117回 H9 上
第118回下
第119回 H10 上
第120回下
石原慎太郎
池澤夏樹
宮本 輝

芥川賞選考委員一覧

第121回 H11上	第122回 下	第123回 H12上	第124回 下	第125回 H13上	第126回 下	第127回 H14上	第128回 下	第129回 H15上	第130回 下	第131回 H16上	第132回 下	第133回 H17上	第134回 下	第135回 H18上	第136回
三浦哲郎												→			
古井由吉											→				
田久保英夫			→		髙樹のぶ子										→
日野啓三						→		山田詠美							→
黒井千次															→
河野多恵子															→
石原慎太郎															→
池澤夏樹															→
宮本　輝															→
		村上　龍													→

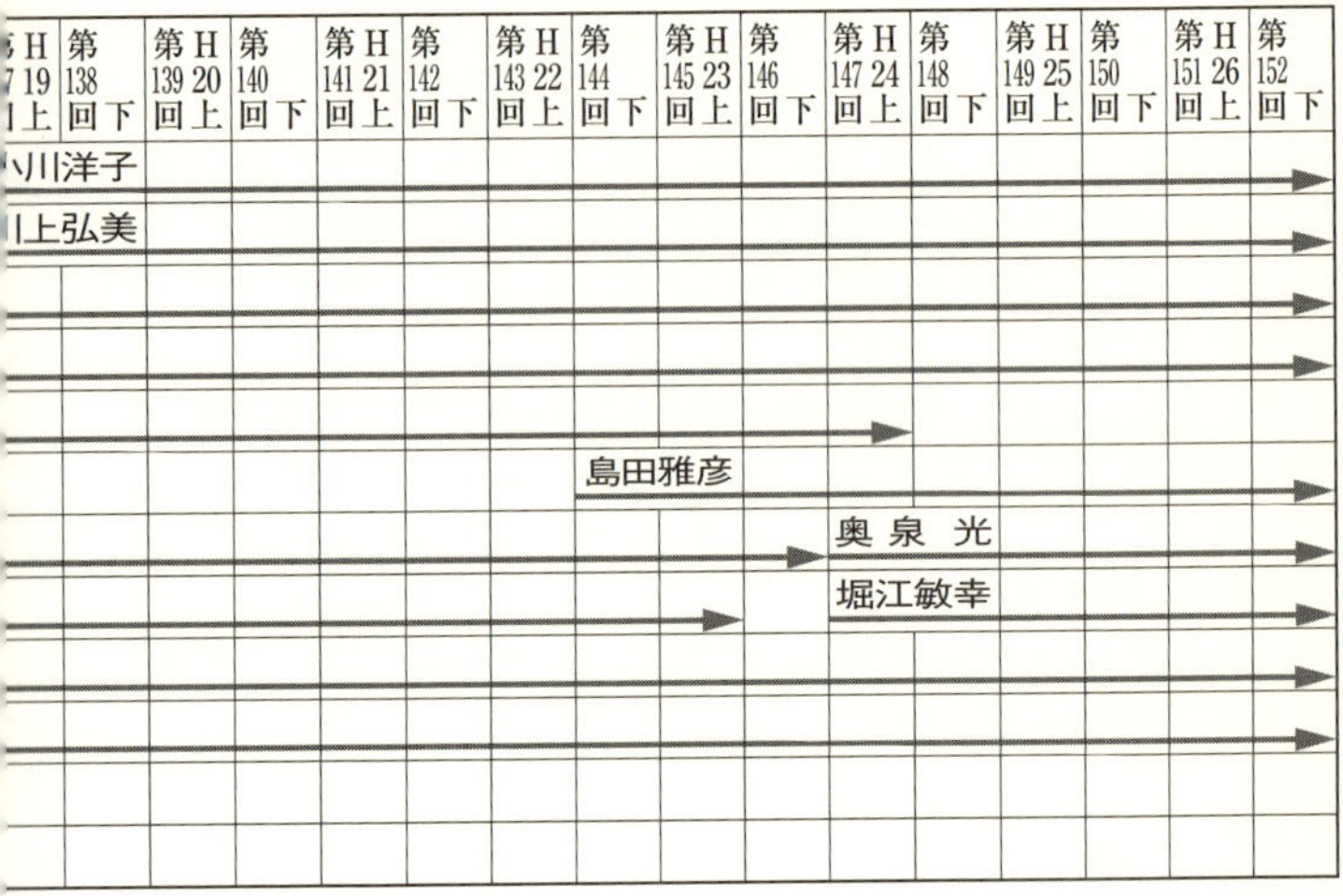
H 19 回上
第138回下
第139回上 H 20
第140回下
第141回上 H 21
第142回下
第143回上 H 22
第144回下
第145回上 H 23
第146回下
第147回上 H 24
第148回下
第149回上 H 25
第150回下
第151回上 H 26
第152回下
川洋子
上弘美
島田雅彦
奥泉 光
堀江敏幸

鵜飼　哲夫（うかい　てつお）

1959年、名古屋市生まれ。中央大学法学部法律学科卒業。83年、読売新聞社に入社。91年から文化部記者として文芸を主に担当する。書評面デスクを経て、2013年から文化部編集委員。コラム「『ウ』の目鷹の目」などを執筆する。

文春新書

1028

芥川賞《あくたがわしょう》の謎《なぞ》を解《と》く　全選評完全読《ぜんせんぴょうかんぜんどく》破《は》

2015年（平成27年）6月20日　第1刷発行

著　者　鵜飼哲夫
発行者　飯窪成幸
発行所　株式会社　文藝春秋

〒102-8008　東京都千代田区紀尾井町3-23
電話（03）3265-1211（代表）

印刷所　大日本印刷
製本所　大口製本

定価はカバーに表示してあります。
万一、落丁・乱丁の場合は小社製作部宛お送り下さい。
送料小社負担でお取替え致します。

ISBN978-4-16-661028-0